몸은 모든 것을 알고 있다

KARADAWA ZENBU SHITTEIRU
by Banana YOSHIMOTO

Copyright © 2000 by Banana Yoshimoto
All rights reserved.
Japanese original edition published by Bungeishunju, Ltd., Japan.

Korean Translation Copyright © 2004, 2011 by Minumsa

Korean translation rights arranged with Banana Yoshimoto
through ZIPANGO, S.L..

이 책의 한국어 판 저작권은 ZIPANGO, S.L.을 통해
Banana Yoshimoto와 독점 계약한 **(주)민음사**에 있습니다.

저작권법에 의해 한국 내에서 보호를 받는 저작물이므로
무단 전재와 무단 복제를 금합니다.

몸은 모든 것을 알고 있다

요시모토 바나나

김난주 옮김

민음사

차 례

초록 반지 • 7
보트 • 20
지는 해 • 32
검정 호랑나비 • 38
다도코로 씨 • 43
조그만 물고기 • 59
미라 • 71
밝은 저녁 • 84
속내 • 93
꽃과 비바람과 • 105
아빠의 맛 • 113
사운드 오브 사일런스 • 130
적당함 • 145

작가의 말 • 167
옮긴이의 말 • 169

초록 반지

전철에서 꾸벅꾸벅 조느라 꿈을 끄고 있는 느낌이었다. 역 이름을 듣고는 놀라 뛰어내렸다. 플랫폼은 싸늘한 겨울 공기로 긴장감마저 맴돌았다. 머플러를 꼭꼭 여미고 개표구를 나왔다.

택시를 잡아타고 여관으로 가자고 했더니, 운전사가 장소를 모른단다. 새로 지은 조그만 여관인 데다 광고도 별로 안 하는 것 같던 생각이 나서, 대충 비슷한 곳에서 내리기로 했다.

사방은 온통 밭이고 멀리 비스듬한 산이 브였다. 여관을 뜻하는 조그만 간판을 발견하고, 나는 간판에 그려진 화살표를 따라 좁은 언덕길을 올라갔다.

추위가 견딜 만허지자 깨끗한 공기가 반가웠다. 점차-

잠기운이 가시고 땀이 촉촉하게 배어 나온 그때, 나는 앞쪽에서 내가 아는 어떤 이의 기척을 느꼈다.

집 앞길까지 알로에가 퍼져서 큰일이네. 그런 화제가 다시 등장한 것은 작년 겨울이었다.

아빠나 엄마나 나나, 동생이 300엔에 사 와서 마당에는 심을 데가 없다고 현관 옆에 심었던 알로에 따위, 잊은 지 오래였다. 잡지인지 뭔지를 읽고는, 알로에는 만능! 그래서 마신다느니 여드름에 붙인다느니 하고 법석을 떨던 동생은 알로에 열이 금방 식더니 거들떠보지도 않았다. 그러나 물도 제대로 주지 않고 햇볕도 별로 들지 않는데도 알로에는 자랐다. 너무 웃자라, 저런 게 저기 있었나 싶었을 때는 나무처럼 길까지 줄기를 뻗은 데다 새빨간 꽃마저 징그럽게 피어 있었다.

그때 일은 기억에 선명하게 남아 있다. 태어나서 자란 집의 조그만 식탁에 아빠와 동생과 함께 둘러앉아 있었다. 늘 똑같은 저녁의 시작이었다.

나와 동생이 어릴 적에는 모두들 식탁에 모여 많은 것을 했다. 밥도 먹고 싸움도 하고 텔레비전도 보고, 동생과 돈을 모아 케이크를 사서 먹기도 했다. 백화점 쇼핑백에 든 엄마의 속옷과 저녁 반찬으로 쓸 건어물이 함께 올라

있던 적도 있었다. 술에 취한 아빠가 엎드려 잔 적도 있고, 중학생 때 처음으로 실연한 동생이 포도주를 마시고 취해 의자에서 굴러 떨어지면서 머리를 부딪힌 적도 있었다. 그 조그만 사각이 가족의 상징이었다. 비릿하고 즈뜻미지근하고 부드럽고 따스한 장소였다. 그러나 동생이 얼마 전 시집을 가 집을 떠난 지금, 식탁은 그대로지만 가족 모두가 거기에 모이는 일은 즘처럼 없다. 엄마가 가끔 거기서 텔레비전을 보며 뜨개질을 하곤 한다. 풍경은 그렇게 변해 간다.

그날 저녁때 아빠가, 저 알로에 너무 자란 거 같다, 좀 있으면 옆집 사람이 주차장에서 차 뺄 때 거치적거리겠어, 라고 말을 꺼냈다. 나와 동생은 옮겨 심기가 귀찮아서 못 들은 척했다. 아빠가 안 옮겨 심을 거면 뽑아 버리겠다는데도, 나와 동생은 별 상관 없잖아, 하고는 잡지만 뒤적거렸다.

그냥 그러고 있는데, 엄마가 두 손에 동네 슈퍼마켓 주머니를 들고 돌아왔다. 오셨어요, 나와 동생은 엄마의 얼굴도 보지 않고 그렇게 말했다. 대꾸가 없어 고개를 들었을 때에야 엄마의 안색이 안 좋다는 것을 알았다. 무슨 일 있어요? 동생이 물었다.

"할머니 말이다, 요통으로 입원하신 줄 알았더니, 자궁암 말기라는구나. 아픈 걸 그냥 참고 계셨나 봐. 수술도 안 하실 모양이다."

할머니는 같은 동네에 있는 아파트에서 혼자 산다. 며칠 전 갑자기 허리가 아프다고 해서 동생이 병원으로 데리고 가 입원을 거들었다.

외동끼리 결혼한 탓에 친척이 거의 없어 오히려 결속이 강한 우리 가족은, 매일 번갈아 할머니를 면회하러 갔다. 알로에가 어쩌고저쩌고 할 때가 아니었다. 할머니는 한 번 퇴원했다가 다시 입원했다.

어느 날 할머니가 좋아하는 계란빵을 사 들고 갔더니 할머니는 편안하게 잠들어 있었다. 엄마한테서, 어제는 배가 아프다며 눈물을 흘리시는데 정말 가엾더라, 란 말을 들었던 나는 다행이다 싶었다.

병원이란, 현관을 들어서는 순간에는 거북하고 불편해서 빨리 돌아가고 싶지만 시간이 좀 지나면 익숙해지는 곳이다. 그리고 밖으로 나오면 모든 것이 너무 강렬하게 느껴진다. 네거리에서, 한꺼번에 밀려오는 자동차들과 영원히 살 것이라 착각하는 사람들의 목소리 크기와 색깔의 홍수에 놀란다. 그러다 집에 도착할 무렵이면 이미 그런 것들에 길들어 있다. 오가다 보면 자신이 불가사의한 지점에 있다는 것을 깨닫는다. 어렸을 때 읽었던 오르페우스 이야기가 떠오른다. 그는 죽음의 세계에서 아내를 데리고 오지 못했다. 냄새가 다르다. 생명이 뿜어내는 짙은 냄새가 저쪽 세계에서는 그저 억지스럽고 지독하고 자극적인 냄새가 되고 만다. 그 반대로 사람들은 죽음의 냄새를 싫어한다. 태양 아래 서면 병든 사람이 뿜어내는 죽음의 냄새는 눈처럼 금방 녹아 버리지만, 그 희미한 냄새는 사향(麝香)처럼 멀리서도 맡을 수 있다. 사람들은 병든 사람을 무서워한다. 자기들의 생활이 끝나 버릴 것처럼 착각한다. 모두 익숙해지고 나면 똑같은데.

내가 꽃병에 꽃을 꽂고 있는데, 할머니가 눈을 뜨고 말했다.

"화분들은 잘 있는지 모르겠구나."

식물을 좋아하는 할머니의 소중한 화분에는 내가 매일 물을 주고 있다. 정말 보잘것없는 화분들이다. 분재도 아니고 귀중한 것도 아니다. 죽절초, 재스민, 소철, 이름도 모를 콩류의 나무, 미모사, 파키라, 칼랑코에……. 그래도 매일 물을 주다 보니 그 식물들이 애타게 할머니를 찾고 있는 것처럼 느껴졌다. 그것은 어쩌면, 동생이 태어나기 전까지 엄마 아빠가 맞벌이였던 탓에 할머니 손에 자라 할머니만 졸졸 따랐던 내가 본 환영이었는지도 모르겠다. 할머니의 죽음은 견디기 힘들었다. 외로워서 발을 꼭 맞대고 잤던 할머니. 내 마음에 조그만 그림자만 어려도, 나 자신보다 빨리 눈치채고 내가 좋아하는 고구마를 튀겨 주었던 할머니. 할머니의 관심이 하루하루 이 세상에서, 그리고 내게서 멀어져 간다. 내 마음은 버림받은 식물들과 비슷했다. 그래서 그런 생각을 했는지도 모른다. 늘 당신보다 너희들과 나를 먼저 신경 쓰시던 분이, 겨우 당신 자신만 생각하실 때가 온 거야, 라고 나는 물을 주면서 자신을 납득시키려 했다.

할머니는 잠시 얘기하다가 또 잠이 들었다. 매일 잠만 자면 사람은 빠르게 그 존재감이 옅어진다. 그런 느낌이 들자 가슴이 아팠다. 인간이 오래도록 거듭해 온 삶에 참가하고 있는 자신. 그 모습을 멀리서 바라보는 기분.

그런 생활에 길든 어느 오후, 엄마가 만든 찜을 들고 병실을 찾아가자 할머니가 어쩐 일로 깨어 있었다.

"할머니, 옛날에는 시클라멘 싫어했단다."

할머니가 말했다.

"그런 말씀 자주 하셨죠. 하지만 저도 별로 좋아하지 않아요. 왠지 좀 축축한 느낌이 들어서."

"넌 식물에 대해서 참 잘 아는구나. 할머니 생각에는 말이다, 넌 식물에 관한 일이 어울려. 호스티스 일 그만 돼."

내가 물장사로 먹고사는 것을 할머니는 늘 반대했다. 사실 나는 호스티스가 아니라 아빠가 경영하는 바에서 바텐더 일을 하고 있다. 하지만 아무리 설명해도 할머니에게는 똑같은 일인 듯했다.

"할머니가 그러라시니까 생각해 볼게요. 그런데 갑자기 웬 시클라멘 얘기?"

"저기 창가에 있지 않니, 시클라멘. 지금은 이파리만 남았지만 얼마 전까지만 해도 꽃이 계속 피었단다. 나카하라 씨가 갖다 줬는데, 처음에는 좀 징그러웠어. 옛날부터 싫어하기는 했다만. 물 까딱 잘못 주면 축 늘어지고 줄기는 굵어서 무슨 벌레 같고, 정말 짜증 나는 꽃이다 싶었지. 그런데 여기 와서 느긋하게 바라보니까 조금씩 달라 보이는구나. 저 줄기는 물을 빨아올리기 위해서 저렇게 굵은 거고, 물을 주면 꽃들이 열심히 고개를 쳐들고 햇볕을 받으려고 애쓰잖니. 그런 모습을 보면, 아아 너희들 살아 있구나 싶고 심심하지가 않아. 시간이 생기고 한가롭다는 건 그런 건가 보다. 이제 시클라멘하고도 친구가 됐으니까 저세상에 가서도 잘 키울 자신이 있다."

"그런 말씀 마세요."

그렇게 지금까지 싫어했던 모든 것을 좋아하게 되고서

야 갈 수 있는 곳이 있다고 생각하자 마음이 서글펐다.

봄이 되자 할머니는 거의 의식을 잃었다. 사흘에 한 번 정도 의식이 돌아오기는 했지만 말은 거의 하지 않았다. 아아 누구 왔니, 하고 가족의 이름을 중얼거리는 정도였다.

그날 저녁, 할머니의 손을 잡고 있었다. 차가웠다. 링거 주사 바늘에 시퍼렇게 멍든 자리를 물끄러미 쳐다보았다. 입가에 하얗게 말라붙은 침까지 사랑스러웠다. 갑자기 할머니가 말했다.

"알로에가, 자르지 말라고, 하는구나."

가늘고 토막 난 목소리라 처음에는 무슨 소린지 몰랐다.

"알로에가, 주차장, 뒤에서, 차에, 밟혀서, 아프대. …… 여드름도 상처도 치료하고, 꽃도 피울 테니까, 자르지 말라고."

정신이 오락가락하는 할머니는 마치 누군가의 말을 듣고 옮기듯 더듬더듬 그렇게 말했다. 나는 섬뜩했다. 왜 나만 이런 말을 들은 것일까?

"그리고 할머니 생각에, 너는 이해할 것 같구나, 그런 감성을 말이다. 식물이란 그런 거야. 알로에 하나를 구해 주면, 앞으로 많은, 여러 장소에서 보는 알로에도, 너를 좋아하게 될 거다. 식물끼리는 다 이어져 있거든."

단숨에 그렇게 말하고 할머니는 잠들었다.

잠시 후 엄마와 동생이 교대하러 왔지만 나는 도저히 그 말을 꺼낼 수 없었다. 목이 메어 말이 나오지 않았다. 그럼 나 간다, 라고 간신히 말하고 병실에서 나왔다. 바깥 공기는 맑았고, 달이 떠 있었다. 모두들 여유 있는 얼굴로 서둘러 집으로 돌아가고 있었다. 자동차 불빛이 꿈속 경치처럼 어두운 길을 밝혔다. 나는 잠자코 할머니 방으로 들어가 늦어서 미안해, 하고 말하면서 식물에 물을 주었다. 불을 켰더니 방에 서겨져 있는 할머니의 소박한 인생이 새하얀 형광등 불빛에 떠올랐다. 푹신푹신한 방석, 조그만 크리스털 꽃병, 붓과 벼루, 꼼꼼하게 접혀 있는 하얀 앞치마, 외국 여행에서 사 온 이국정서 넘치는 기념품을 조르르 모아 놓은 유리 상자, 안경, 문고본, 조그만 금시계. 해묵은 종이 같은 할머니 내음. 나는 감정이 북받쳐 불을 껐다. 그러자 유리문 너머에서 숨 쉬는 식물들이 느껴졌다. 바깥 불빛에 드러나 생기발랄한 녹색. 조금 전에 뿌려 준 물방울이 반짝반짝 빛났다. 어두운 다다미 위에 가만히 앉아 그런 모습을 바라보고 있으려니 마음이 조금씩 가라앉았다. 이것들은 한 인간이 살면서 남긴 슬프지도 괴롭지도 않은 당연한 흔적이고, 어쩌면 행복하고 좋은 것일 수도 있다는 생각이 들었다. 슬픔으로 얼룩진 눈으로 본 첫인상이 모든 것은 아니라고 식물이 내게 가르쳐 준 듯한 기분이었다. 오직 햇볕과 물과 사랑을 원하며 살아가는 아름다운 생물들이.

나는 집에 돌아오자마자 곧바로 창고에 가서 부삽과 수레를 꺼내 왔다. 그리고 다시 현관 옆으로 가서 알로에를 조심조심 파냈다. 뿌리까지 떠내니 크기가 엄청났다. 맨손이라 뾰족한 가시가 아팠지만 그럭저럭 옮겨, 낮이면 햇볕이 잘 드는 마당 한 곳에 심었다. 봄의 둥그런 달 희붐한 빛을 받은 알로에는, 흙투성이 속에서도 생명력을 발산하고 있었다. 의인화해서 "고마워."라고 하는 모양이라고 표현하고 싶은 대목이지만 그런 것은 아니고, 그저 살아서 여기저기 뿌리와 잎을 내뻗고 있었다. 그 모습 역시 내 기운을 북돋아 주었다.

할머니가 돌아가시고 장례식이 끝난 뒤, 나는 일을 계속하면서 낮에는 전문 학교에 다녔다. 정원사는 좀 힘들 것 같아서 꽃집을 내기로 하고 공부를 시작한 것이다. 평범한 가정의 평범한 생활을 장식하는 꽃 장사를 하고 싶었다. 할머니는 늘 꽃을 사는 여유는 돈이 아니라 마음에서 우러나온다고 말했다. 할머니의 유언이라고 하자 아빠는, 언젠가는 네게 가게를 물려줄 테니 거기다 꽃집을 내면 되겠구나, 라며 허락해 주었다. 그러기 전에 지금 가게도 정리해야 하고 수업도 들어야 하고 꽃꽂이도 배워야 한다. 갑작스러운 전직이라 힘든 일도 많겠지만, 동기가 있으면 분발할 수도 있을 것 같아 일을 추진했다. 매일매일 부지런히 움직이다 보면 길은 열리는 법이다. 아무튼, 바텐더가 되기 위해 공부했을 때처럼 단순한 나날을 반복하는 수밖에 없었다. 그래도 할머니의 마지막 말이 내 귀를 떠나지 않았다. 아무리 뒤돌아봐도, 식탁에 둘러앉아 아무 생각 없이 웃으면서 알로에의 생명을 하잘것없이 여겼던 어리고 천진한 나로는 돌아갈 수 없었다. 언젠가 죽을 때, 나 혼자라도, 조그만 방이라도 좋으니까 그렇게 청결한 방을 남기고 싶었다. 사랑받은 식물들이 존재하는 그 밤의 할머니 방이 내 머리를 떠나지 않았다.

어쩌다 쉬는 날, 제부가 열이 나는 바람에 동생과 같이 갈 수 없어서 혼자 여행을 떠난 나는 그렇다, 그 산속에서 어떤 기적을 느꼈다. 할머니가 돌아가시고 처음 맞는 겨울인데 벌써 그게 몇 년 전 일처럼 멀게 느껴졌다. 겨울, 불길할 정도로 짙은 오렌지 빛 노을 속에서 나는 눈을 찌푸리고 사방을 돌아보았다. 부드러운 눈길에 포근하고 정겨운 어떤 것이 살며시 몸을 감싸는 듯한 느낌이 들었다.
혹시 할머니의 귀신이 보이는 것은 아닐까 하고 기대했

다. 귀신이라도 좋으니까 만나고 싶었다. 그러나 내 눈에 비친 것은 소박한 민가의 마당 가득, 소름이 끼칠 정도로 가득, 정글처럼 무성하게 자란 알로에였다.

알로에가 햇볕을 받으면서, 내게 무슨 말인가 하고 싶은 듯 보였다. 두툼하고 이리저리 뒤엉킨 가시 돋은 잎을 하늘 높이 뻗고서, 우둘투둘 빨간 꽃을 피우고서, 살아 있음의 기쁨을 전하고 있었다. 나는 겨울 햇살 속에서 알로에의 사랑에 잠겨 몸이 따끈따끈해지는 느낌이었다. 그런가, 이렇게 이어지는 것인가, 이제 알로에는 언제 어디서 보든 따뜻하고 포근한 것으로 이어진다. 어떤 알로에든 내게는 그 밤에 내가 옮겨 심은 알로에의 친구다. 변함없이 인간과 연을 맺으면서도, 나는 많은 식물과 이렇게 서로를 바라볼 것이라고 생각했다. 내가 할머니에게서 물려받은 것은 설사 근거 없는 미신 같은 것일지라도, 확실하게 도와주는 힘, 사람들이 '초록 반지'라 말하는 그것이다. 이 재능이 있으면 식물은 내 품 안에서 마음껏 그 생명을 꽃피울 수 있으리라. 그리고 나 또한 그런 일을 하는 사람들과 이어지리라.

나는 장갑을 벗고 옛날에는 성가시고 얄밉기만 했던 그 가시를, 햇볕에 탔을 때만 쓰는 것이라 하찮게 여겼던 그 잎을 살며시 만져 보았다. 푸릇푸릇한 초록이 마치 보석처럼 빛나고, 잎은 비단처럼 매끄럽고 시원했다. 사람과 악수를 나눈 후처럼, 기운을 내서 나는 다시 산길을 올라갔다.

보트

"그럼, 기억나는 것 중에서 마음에 걸리는 거 한 가지만 얘기할게요. 나, 공원에 가서 죽 늘어선 보트를 보면 늘 견딜 수 없는 기분인데, 군데군데밖에 생각이 안 나요."

나는 말했다.

"그 견딜 수 없다는 기분, 느낌이 무겁거나 고통스러운가요? 그렇다면 가볍게 다룰 수 없으니까 얘기만 듣고."

"아니요, 신나고 애틋한 느낌이에요. 할 수만 있다면 기억하고 싶을 정도로. 대충 짐작은 가는데, 작지만 중요한 일이 있었던 것 같아요. 어려서 엄마하고 헤어졌을 때 일인 듯한데. 하지만 우리 시골에서는 대개 그 공원에서 행사를 치렀으니까 여러 가지 일이 뒤섞여서, 시간도 앞뒤로 뒤죽박죽이고 그래서 기억이 잘 안 나요."

"그럼 눈을 감아 보세요. 그리고 호흡을 가다듬고. 의식은 분명하지만, 조금씩 과거로 돌아가도록 합니다."
선생님이 말했다.

나는 구직 활동에 지쳐 가벼운 노이로제 증상을 보이는 친구를 따라 최면 요법을 시술하는 선생님을 찾았다. 친구가 갈 때마다 나와 같이 가고 싶어 해서, 몇 달 동안 대기실에서 기다리다 보니 나까지 단골이 되고 말았다. 친구가 늘 늦은 시간을 잡아 예약을 하는 데다 그 중년의 여선생님이 친구 엄마의 친구인 덕분에, 끝나면 같이 차를 마시며 잡담을 나눴다. 그러다 내가 불쑥 최면 요법으로 무엇을 할 수 있는지를 묻는 바람에, 자리를 한번 마련해서 내 기억을 더듬어 보기로 한 것이다.

차례차례 나이를 거슬러 올라가, 여섯 살 내가 되었다. 몸이 무겁고 내 목소리가 멀리서 웅얼거리듯 들렸다.
"당신은 여섯 살입니다. 지금 보트와 관계된 무슨 마음에 걸리는 일이 있습니까? 보트가 보이나요?"
눈을 감고 잠이 든 듯이 멍한 상태에서, 나는 우선 밤의 수면에 떠 있는 보트와 끼익끼익, 보트가 흔들리면서 내는 소리를 떠올렸다. 잠시 후 예기치 못한 속도로 내 눈

꺼풀 속 어둠에 느닷없이 이 세상 같지 않은 아름다운 풍경이 나타났다.

갖가지 불빛이 비친 수면…… 호수다. 호숫가에 줄지은 보트들이 산들바람에 흔들렸다. 물가는 연꽃으로 덮여 있고, 어둠 속에서 커다란 연분홍 꽃이 입을 활짝 벌리고 있었다. 저 건너 기슭까지 무수한 연꽃이 보였다. 하늘에는 조그만 달이 빛났다. 연분홍 연꽃의 아름다움이 눈 속에 각인되어 시야가 부옜다.

"천국이 아마 이런 데일 거야."

나는 누구와 손을 잡고 있었고, 그 사람이 그렇게 말했다.

"맞아, 엄마."

나는 대답하고 그 사람을 올려다보았다. 거의 잊어버렸던 얼굴을 나는 또렷하게 기억해 냈다. 강한 의지가 담긴 커다란 눈망울, 외국 사람처럼 높은 코, 알록달록 신기한 옷, 피어스……. 늘 달짝지근한 술 냄새가 났다.

그리고 선생님의 유도에 따라 화면이 줄줄이 전개되었고, 내 안에서 그때의 기분을 아플 정도로 분명하게 느낄 수 있었다. 그렇게 나는 그 밤의 모든 것을 기억해 냈다.

최면이 끝났을 때 나는 심장이 두근거렸고, 울먹이고 있었다.

왜 잊어버렸을까, 하고 생각했다. 없었던 일처럼 까맣게 잊고 있었다.

"기억나게 해 줘서 고마워요. 정말 소중한 기억인데."

꽤 긴 침묵에 잠겨 선생님과 친구에게 걱정을 끼친 후에야 나는 간신히 그렇게 말했다.

내 고향 집이 있는 동네는 이렇다 할 명소는 없지만, 조그만 성이 있고 그 주위 공원에 커다란 호수가 있다. 호수에 비친 성의 그림자를 바라보다 보면 시대를 가늠할 수 없어 재미있었다. 호수에는 네온사인의 불빛이 반짝이는데, 저 너머로는 달빛에 아른히 천수각(天守閣)이 보인다. 그리고 크레이프를 파는 포장마차도 있다.

기억 속의 호수는 그 호수였다.

새엄마가 왔을 때의 일은 지금도 기억에 생생하다. 나는 그 사람을 무척 좋아했다. 힘들 때면 마음속으로 그 사람 이름을 불렀을 정도였다. 늘 그 사람이 친엄마라면 얼마나 좋을까 하고 생각했다. 그래서 그 바람이 현실이 되었던 날도 잘 기억하고 있다. 아빠와 나는 그 호수가 보이는 벤치에서 기다렸다. 무척 추운 겨울날이었다. 코트 주머니에 손을 집어넣고 다리를 덜렁덜렁 흔들며 일곱 살 나는 기

몸은 모든 것을 알고 있다 23

다렸다. 아빠는 그런 나에게 신경을 쓰면서 조마조마해했다. 그런데도 강한 척, 겉으로는 태연했다. 기다리는 동안 감주를 마셨다. 아주 뜨겁고 하얗고, 걸쭉하고 달콤했다. 맛있네…… 하고 나는 생각했다. 하늘은 당장이라도 눈이 내릴 듯이 무겁고 탁하게 빛나고, 얼굴은 차가웠다.

새엄마는, 뛰어왔다. 역 쪽에서 오렌지색 코트를 입고 허둥지둥 뛰어왔다. 아빠는 몹시 긴장하고 있었다. 호수에는 보트가 한 척도 없고 수면은 잔잔했다. 빛나는 회색 하늘이 건물 유리창에 갖가지 묘한 색깔로 반사되었다. 비둘기가 날아왔다, 날아갔다.

아빠와 새엄마는 서로 인사를 나눴다.

그리고 새엄마는 내 차가운 손을 꼭 잡고 말했다.

"정말 미요코 엄마가 되는 거야. 이번에는 진짜야."

그전에 진짜 엄마가 되어주지 않으면 싫다고 칭얼거려 그 사람을 난감하게 한 적이 있었다. 그래서 그렇게 말한 것이리라. 그리고 그때 새엄마의 눈에 한가득 고인 눈물을 보고 나도 그만 울고 말았다. 둘은 그 자리에서 꽤 오래도록 울었다. 머리가 띵하도록 눈물이 그치지 않았다. 그 싸늘한 공기 속에서, 눈물과 우리 둘이 꼭 잡은 손만 따스했다. 울면 풍경이 가깝게 느껴진다. 그때는 비둘기도 성도 호수도 보트도 모두 내 것이었다. 발치에 뒹구는 조그만 돌멩이까지 친근하게 느껴졌다. 모든 것이 더 이상 힘들지 않아도 된다고 말하는 것 같았다. 가슴이 벅차올랐다.

"같이 행복해지는 거야?"

"그래, 행복하게 살자."

겸연쩍게 서서, 그렇게 맹세하는 어린 자식과 새 아내를 보면서 안 보는 척했던 아빠의 갈색 코트까지 기억하고 있다.

그런데 같은 장소에서 헤어진 엄마는 까맣게 잊어버렸다.

나는 며칠 동안 엄마에게 납치당한 적이 있다.

딸을 맡을 자격이 없다는 판결에 알코올 중독이던 엄마가 나를 데리고 도망쳤던 것이다.

그때 일도 잘 기억하고 있다. 엄마는 나를 데리고 지방의 어느 최고급 온천 여관에 가서 사흘 밤낮을 먹고 마시고 목욕했다. 매일 밤 엄마는, 이렇게 살게 해 줄 테니까 엄마랑 같이 있자며 울었다. 나는 이렇게 안 살아도 좋으니까 엄마 옆에 있을게, 라고 말했다.

여행의 마지막 날 저녁, 연일 술을 마셔 댄 엄마는 목욕탕에서 쓰러졌다. 아빠에게 연락이 갔고 우리는 어이없이 발각되고 말았다. 언제든 만나게 해 줄 테니까…… 전화 저편에서 그렇게 말하는 아빠에게, 응응 하고 어린애처럼 고개를 끄덕이는 엄마의 뒷모습을 푹신푹신한 이불 속에서 애처롭게 바라보았던 일도 기억한다. 엄마는 내 이불 속으로 파고들어 엉엉 울었다. 한시도 떨어져 있고 싶지 않아, 넌 내 몸의 일부야, 그만큼 사랑한다고, 같이 있고 싶단 말이야, 라고 몇 번이나 말했다. 엄마의 술 냄새 풍기는 숨결과 젖은 머리카락이 성가셨지만, 지금 이렇게 가까이 있으면서 손을 뻗으면 만질 수 있고 같이 목욕하면서 몸을 씻겨 주고 아까까지만 해도 서로 반찬을 주고받았는데, 이제는 만날 수도 없고 같이 살 수도 없다니, 나라가 그런 것을 결정하고 자상한 우리 할머니가 그 일에 찬성하다니, 모든 것이 내게는 놀라움의 연속이었다.

그리고 마지막 밤 그 공원에서, 푸릇푸릇 잎이 무성한 벚나무 아래서 엄마와 나는 헤어졌다. 물 냄새가 났다. 조금은 바다 냄새 같았다.

"미요코, 이리 와."

어둠 속에서 엄마가 말했다.

엄마의 그림자가 녹음 속에 떠 있는 것처럼 보였다. 그리고 엄마는 내 손을 잡았다가 나를 들어 안았다가 하면서, 이어져 있는 보트를 몇 척 건너 호수 중간쯤에 있는 보트까지 나를 데리고 갔다.

보트들이 이어져 있어 노는 저을 수 없지만, 둘이 마

주 앉아 있자니 마치 배가 나아가는 느낌이었다. 우리 무게 때문에 보트가 살랑살랑 흔들릴 때마다 수면에 잔물결이 퍼졌다. 연꽃이 끝없이 피어 있었다. 연꽃잎이 하늘을 향해 손바닥을 벌리고 있는 듯 환상적인 풍경이었다. 지금 이 이어짐 속에서 그냥 이대로 사라지고 싶은 기분이었다. 어린 마음에 상처를 주는 이별의 풍경이 미웠다.

밤이 아름다워 그만큼 슬픔도 더했다.

끼익끼익 배가 흔들렸다. 여름 바람이 조용하게 수면을 핥듯이 지나갔다.

"엄마, 좋아하는 사람한테 갈 거야. 그 사람은 말이지, 총을 좋아해."

엄마가 말했다. 한 손에 위스키 병을 들고 있었다. 엄마가 늘 마시는 술이었다. 좀 색다른 그림이 그려져 있는 라벨을 기억하고 있다. 엄마가 늘 그 위스키를 병째 들이다셨다는 것을, 어른이 되어 알았다.

"총이라면, 피스틀?"

안 되는데. 나는 어린 마음에도 그렇게 생각했다.

엄마는 미소 지었다.

"사람을 죽이려는 건 아니고, 그냥 사격만 하는 거야. 손에 총을 들면 그 무게 때문에 순간적으로 생명을 생각하게 되니까, 그래서 좋아한대. 총을 쏘면 엄청난 충격이 느껴지면서 자기 생명도 다른 사람의 생명도 이해하게 된대. 그리고 그 감각을 한시도 잊지 않고 살고 싶대. 엄마는 생명을 그렇게 진지하게 생각하는 사람은 처음 봤어, 얼마나 멋있던지. 다른 사람은 다들 살아 있는 건지 죽은 건지 모르겠는걸 뭐, 엄마가 보기엔 말이야."

"이제 엄마 못 만나는 거야?"

"그 사람하고 같이 하와이에 가서 크레이프 장사 할 거야. 어른이 되면 언제든지 놀러 와. 달콤한 크레이프 공짜로 구워 줄 테니까. 동네 사람들한테는 내 딸이라고 자랑하고. 그리고 엄마는 너 말고는 절대 아이 안 낳을 거야. 마음먹었어. 엄마 아이는 너뿐이야."

크레이프에 관해서는, 눈앞에 '크레이프'라고 쓰인 어둑어둑한 포장마차가 보여서 그냥 말이 나왔는지도 모르겠지만 아이에 대한 말은 진심이었다. 엄마의 눈이 빛나서 무서웠다. 그런 때 엄마는 늘 진심이었다. 아빠를 부엌칼로 찔렀을 때도, 엄마에게 거짓말한 나를 코피가 터지도록 때렸을 때도, 같은 눈빛이었다.

"응."

나는 고개를 끄덕였다.

우리 둘은 오래도록 아무 말 없이 보트를 탔다. 오줌이 마려워 참을 수 없을 때까지. 그렇게 아무 말도 않고서 아름다운 밤을, 일부러 자신을 학대하듯 깊이 만끽했다. 이 모든 것을 기억해야 한다고, 어째서인지 나는 그렇게 생각했다. 그때 내 눈 역시 엄마와 똑같이 빛나고 있었으리라.

"엄마 잊어버리면 절대 안 돼. 하지만 과거는 절대 뒤돌아보지 마"

엄마가 말했다. 엄마의 또렷한 옆얼굴 너머로 연꽃과 성이 보였다. 이 좁은 동네에 엄마 같은 사람이 있을 곳은 이미 없다. 나는 알고 있었다. 이어져 있는 배처럼 썩어 죽을 것이라고. 그렇게 생각했다.

엄마는 울면서 아빠에게 전화를 걸었다. 어둠 속에서 공중전화가 빛났다. 울고 있는 엄마의 등이 둥글둥글했다. 호수, 연꽃, 검은 물, 빛나는 수면, 네온사인, 성의 윤곽…… 너무 아름답고, 세계는 너무 크다. 내 가슴은 터질 것 같았다.

"아빠가 데리러 온대, 엉엉."

엄마는 통곡하며 나를 안았다. 볼과 볼이 마주 닿아 뜨거웠다. 후덥지근한 밤, 셔츠가 땀에 젖어 있었다. 그리고 물 냄새 풀 내음이 사방에 진동했다. 그래도 엄마는 나를 꼭 껴안지 않고 커다란 원으로 감싸듯 살며시 안았다. 팔 모양이 마치 계란을 껴안은 것 같았다.

그리고 엄마는 울면서 공원 출구를 향해 뒤도 돌아보

지 않고 비틀비틀 달려갔다. 따라가고 싶어! 하고 생각했다. 그러나 나는 총을 좋아하는 남자와 하와이에 가고 싶은 마음은 조금도 없었다. 차분하게 살고 싶었다. 나도 사실은 아빠와 마찬가지로 엄마에게 지쳐 있었다. 하지만 따라가고 싶었다. 모든 것을 뿌리치고 엄마와 꼭 껴안고 있고 싶었다. 소리치고 싶었다. 눈물은 나오지 않았다. 달이 떠 있었다. 달이 기울고 아침이 오면, 모두 지나가 버린다! 하고 나는 생각했다. 하느님, 아무쪼록 시간을 멈춰 주세요. 아직도 엄마 냄새가 어둠 속에 남아 있다. 아직 피지 않은 연꽃 봉오리가 어둠 속에 떠 있다. 지금 이대로, 아무쪼록.

데리러 온 아빠에게 업혀, 울면서 돌아갔다.

그다음부터는 도무지 기억나지 않았다.

나는 그 불안하고 강렬한 체험 때문에 한동안 말을 하지 않았던 모양이다. 입원도 하고 약도 먹었던 것 같다.

기억을 떠올리고, 친구와 선생님 집을 나서자 벌써 밤이었다.

"기억해 내길 잘한 일이니?"

주택가에서 자신의 노이로제는 까맣게 잊은 친구가 내게 물었다. 호기심 절반, 책임감 절반이었다. 하지만 눈빛은 부드러웠다.

"응, 어렸을 때 헤어진 엄마의 추억이었어, 사소한 거지만."

"지금은 뭘 하시는데?"

"잘 몰라……."

"어떤 분이셨어?"

"아무튼 굉장히 예쁜 사람이었어."

"그러니. 난 지금 엄마가 미요코 친엄마인 줄 알았는데."

"친구처럼 지내니까. 학교 때문에 여기 온 지 벌써 사년인데, 매일 전화로 얘기하고 아빠하고 싸우면 우리 집으로 자러 오고 그래."

"그런 일도 있는 거구나."

"다들 사람이 좋으니까."

나는 말했다. 나는 자연 속에 있을 때 어? 무슨 보드라운 것에 감싸인 것 같네, 하고 종종 생각하곤 했다. 계란처럼 살며시 안겨 있는 듯한 느낌, 하고 생각한다. 그 이유를 알았다. 기억이 되살아나고부터는, 세계가 전보다 한결 가깝고 생생하게 느껴진다.

어두운 수면에 떠 있는 보트, 계란을 안듯 나를 조심스럽게 안아 준 어떤 여자의 기억이.

지는 해

 다이빙을 할 때가 최악이었다. 면허를 따러 사이판에 간 그는 반년이 되도록 돌아오지 않았다.

 현지처라도 만들었으면 그나마 포기했을 텐데, 그가 나를 불렀다. 재미있을 것 같아 놀러 갔다가 어영부영 눌러앉는 바람에, 당시로서는 벌이가 상당히 괜찮았던 아르바이트(정도 꽤 든 술집이었는데……)를 그만둘 수밖에 없었다. 그에게는 그런 마력이 있다. 그와 함께 있으면 각별한 손님이며 친절했던 마담 언니, 동료 호스티스들과 꾸려 왔던 나만의 소박한 인생을 떨쳐 버려도 상관없을 것 같고, 하루하루가 술에 취한 듯한 느낌이다. 그때도 나는 다이빙에 별 흥미가 없었는데, 왜 그런지 매일이 즐겁고 하늘은 한결 파랗고 바다는 한층 더 멀리서 빛나 보여, 하루만 더

하루만 더. 하고 여유를 부리다 보니 내 나름으로 쌓아 올린 조촐한 인생을 그냥 내버려 두게 되고 말았다.

그는 전에는 홋카이도에서 살았고 또 그전에는 산악자전거에 빠졌었고 서도(書道)의 스승을 따라 야마가타로 옮겨 가 산 적도 있고, 타이에서 스님 노릇을 한 적도 있다. 그리고 그때마다 현지에서 '뭔가 미진하다' 싶으면 나를 불렀다. 그렇다고 달려가는 쪽도 문제지만, 열여섯 살 때부터 스물다섯인 지금까지 늘 그 반복이었다. 지금 그는 이런저런 많은 것들을 할 수 있는 좀 특이한 사람이 되었고, 나는 늘 빈둥거리기만 하는 이상한 여자가 되고 말았다.

어쩌 요즘 좀 얌전한데, 새로운 관심사를 찾을 때까지 소강상태인가 싶으면 나는 늘 작은 꿈을 꿨다. 지금까지 터득한 특기를 살려 어디에 안착하거나 한 가지 일에 집중하자고 그가 결심할지도 모른다는 내용의 꿈이다. 나는 그 꿈을 심드렁하게 생각한다. 이제는 낯선 곳에서 신선한 풍경을 구경하고 색다른 사람들을 만나는 일도 없겠다고. 하지만 안심한다.

백일몽 속에서 그는 늘 "이제 지쳤어, 이 일로 정하지 뭐."라며 일자리를 정하고 살 곳을 계약하고 뿌리를 내린다.

나는 그제야 안심하고 텔레비전과 비디오를 보고 사람들을 만날 수 있게 된다. 가장 가슴이 두근거리는 때는,

소강상태에서 함께 움직이다가 그가 뭔가를 발견하는 순간이었다. 결혼이야 언제든 하면 되지, 라고 그는 말하지만 나는 고향에 있는 부모님에게 그가 일정한 직업조차 없는 사람이라고 말하기가 죽기보다 싫었다.

그 무렵 그는 도쿄에 있는 내 아파트에서 잠시 빈둥거리고 있었다. 나는 그동안 모은 마일리지를 이용해서 호주에 가고 싶다고 말했다. 그는 다이빙을 하면 되고 나는 느긋하게 돌고래 구경이나 하자고 생각했다.

그런데 그곳에서 그가 서핑과 조우하고 말았다.

첫날 호텔에서 본 텔레비전의 스포츠 다큐멘터리가 원인이었다. 나는 그 프로그램을 보는 그의 표정이 마음에 안 들었다. 이미 그 안에서 무언가가 시작되고 있었다.

그 프로그램에 등장한 서퍼의 격렬한 삶에 매료된 그는 이거야말로 내 인생일지도 몰라, 하고 늘 하는 말을 뱉고는 다음 날 당장 초보자 서핑 투어에 참가했다. 재주는 많으나 가난한 자의 길을 거침없이 선택한 것이다. 나도 따라나섰지만, 이틀째에 포기했다. 다만 투어에는 그대로 참가했고 친구도 많이 사귀었고 이번에도 역시 그의 집중력과 놀라운 습득력에 매료되었다. 나는 새로운 미지를 배운다는 것은 시간을 들이고 집중하는 것이 아니라, 분명한 의지를 지속적으로 유지하는 것임을 그에게서 배웠다. 실력이 늘지 않을 때는 기초적인 기술을 충실히 연습하고 실력이 쑥쑥 붙을 때는 기술을 앞질러 기력과 경험을 쌓는다. 그 반복을 무모하리만큼 계속하면서 지름길로 이상에 다가가는 모습이 보기 좋았다. 기적 같은 순간도 많이 보았다. 하느님이 어쩌면 인간을 사랑하는지도 모르겠다고 생각하는 순간이다. 과연 저런 게 가능할까 싶은 일을 그가 해내는 순간. 그런 순간은 늘, 그가 사고를 내거나 겁 없이 덤비다가 죽을 가능성과 똑같은 비율로 전개되었다.

늘 그렇듯 나는 금방 모든 것에 싫증이 나서, 하루 종일 바다만 바라보았다. 태양이 남쪽에서 서쪽으로 옮겨 갈 때 특별한 무엇이 하늘에 나타난다. 색깔과 빛의 각도, 모든 것이 숨 막힐 듯한 신선함으로 세계를 물들인다. 그 변화는 보면 볼수록 한순간도 눈을 뗄 수 없는 미묘함을 지니고 있어서, 나는 절대 질리는 법 없이 거기에 몰두한다.

그는 방에서 잠시 눈을 붙이고는 싸구려 동네 포장마차나 같이 서핑을 하는 친구들의 파티에 들러 요기를 하고 일찍 잠들곤 했다. 눈 깜짝할 사이에 시간이 흘렀고, 우리는 돈이 다 떨어져 일단 일본으로 돌아왔다. 하지만 그가 있는 돈을 다 털어서, 혹은 미친 듯이 돈을 모아서 서핑을 할 수 있는 곳으로 다시 떠날 것은 뻔한 일이었다.

그날 나는 택시를 타고 친구를 만나러 가는 길이었다. 괜히 호주에 갔다 싶은 생각에 마음이 우울했다. 머릿속에 온통 그 생각뿐이었다. 이런 일이 언제까지 계속될 건지, 아아 이제 지쳤어, 차라리 헤어질까. 차라리 아무 말 않고 이사나 해 버릴까. 바람둥이와 사귀는 것하고, 전혀 그렇지는 않지만 상대방의 인생에만 휘둘리는 것하고 어느 쪽이 나을까.

커다란 신사(神社) 앞에서 마침 차가 밀려, 소복한 숲에 반사된 저녁 햇살이 택시 안에 가득해지면서 모든 것이 오렌지색이 되었다. 금빛으로 빛나는 나뭇잎에 눈이 부셔 앞이 안 보일 정도였다.

나는 왠지 서글프고 바다가 보고 싶었다. 저 끝없이 반복되는 하루하루, 늘 뭔가에 몰두해 있는 사람과 생활하는 기쁨. 자연에 안겨, 목적이 있고 무엇을 하기 위해 거기에 있는지 분명하게 알 수 있는 매일. 그런 생활이 어느 틈엔가 내 인생의 일부가 되어 버려 나는 몹시 분했다.

그리고 그 생각이 돌연 머리에 떠올랐다. 아니 머리가 아니라 몸이 전달한 느낌이었다.

'나, 임신했나 봐!'

마치 머릿속에 한 글자씩 각인되듯 떠올랐다.

"기가 막혀."

나도 모르게 중얼거렸더니 운전사가 물었다.

"뭐라고 하셨나요?"

"아니요, 아무것도 아니에요."

정체가 풀리자 차가 덜컹 움직이더니 속도를 올리며 도심으로 달려 나갔다. 풍경이 움직이자 저녁 해는 사라지고 멀리 빌딩의 창문만 빛났다.

그러고 보니까 생리도 없고 무엇보다 아까 그 감각, 몸속에서 무언가가 시작되고 있다는 확신에 찬 느낌……. 그러나 그는 어차피 외국에 나가서야 연락하든지, 외국에 간다고 연락하든지 둘 중에 하나다. 지금 내가 임신을 했든 어떻든 '뱃속의 아이를 위해서 프로 서퍼가 되겠다.'라고 얼빠진 소리나 할 것이다. 물론 그에게는 부족한 것이 있다. 그러나 나 역시 뭔가 송두리째 결여된 부분이 있다.

점점 기뻐하는 나 자신이 그 증거였다. 재미있는 요소는 하나도 없는데, 야만스러운 생명의 숨결이 나를 밀어 올리고 있었다. 본능이 '기뻐하라!'고 나를 부추기고 있었다. 나는 아무튼 기뻐서 어쩔 줄을 몰랐다. 재미있을 것 같으니까, 낳자. 어디서 낳을지는 모르겠지만 아무튼 낳아 보자. 내가 어떻게 대처하는지 지켜보고 싶었다. 아무튼 앞을 보자, 고 마음속으로 중얼거리고, 해 저무는 거리를 달리는 택시 안에서 나는 아랫배를 살며시 쓰다듬었다.

몸은 모든 것을 알고 있다 37

검정 호랑나비

그날 나는 친구와 드라이브를 하면서 점심은 해변에서 도시락을 먹기로 했다.

차를 세워 놓고 바다로 이어지는 오솔길을 하염없이 걸었다. 장맛비가 잠시 걷힌 아주 더운 날이었다. 겨드랑이와 등에서 땀이 배어 나왔다. 짙푸른 하늘을 배경으로 내 앞에서 걷는 그녀의 등을 보자, 어떤 기억이 떠오를 것 같았다. 그때 그녀가 말했다.

"앗, 바다다. 그런데 생각보다 돌이 많아서 앉기는 힘들겠는데."

나도 그녀를 쫓아가 그 해변을 보았다. 온통 회색, 아니 검정에 가까운 돌멩이가 깔려 있고, 그 너머에는 아무도 없는 바다가 멀리 뿌옇고 드넓게 펼쳐져 있고, 풀 돋은 울

퉁불퉁한 돌들이 파도에 씻겨 내리고 있었다. 바다 색은 파랗고, 조그만 삼각파도가 들쭉날쭉 흔들리고 있었다. 어딘지 모르게 황량한 풍경이었다. 그러나 그 고요 속 어딘가에 의연한 기운이 있어 왠지 정신이 선명해졌다. 빈 깡통이 떨어져 있고 파도 사이사이로 서퍼들이 보이고 어린 애들이 몰려다니는 평온한 해변이 아니었다. 더 딱딱하고 거친 광경이었다.

"그래도 앉아 보자. 사람도 없고 조용하잖아."

나는 말했다.

그녀도 딱히 불만은 없는지 고개를 끄덕이고는 돌멩이 속으로 걸어갔다. 나는 그녀를 뒤따랐다. 파도 소리가 철썩철썩 귀에 울렸다.

말없이 도시락을 먹다가 불현듯 떠올랐다.

"나, 여기 와 본 적 있어."

"뭐? 그걸 왜 지금에서야 아는데?"

놀란 그녀가 물었다. 긴 머리칼에 얼굴이 가려 표정은 보이지 않았다. 친구는 돌멩이를 주워 던졌다. 던질 때마다 돌과 돌이 부딪치는 소리가 톡 하고 났다. 그녀는 애인과 헤어진 지 석 달, 일요일이면 따분하다면서 오늘의 피크닉을 제안했다. 하지만 애인의 자리를 내가 메워 줄 수는 없었다. 내가 줄 수 있는 것은 침묵과 웃음뿐.

"똑같은 경치를 찍은 사진이 있어. 그리고 곰곰 생각해보니까 여기, 친가하고 별로 멀지 않아."

"그러니? 그럼 왔을 수도 있겠다."

"그땐 아주 어렸거든. 내가 기억하는 제일 오래된 기억이 어쩌면 여긴지도 모르겠다. 사진의 이미지하고 섞여서."

"인생의 첫 기억이라."

"그래."

"멀리까지 갔다가 다시 돌아왔네."

그녀는 웃었다.

우리 부모님은 지금 뉴질랜드에 살고 있다. 아빠 친구 부부가 이주한 곳에 놀러 갔다가, 그곳이 마음에 쏙 든 두 사람은 각자의 퇴직금을 털어 조그만 집을 샀다. 나도 몇 번 놀러 갔다. 두 사람에게 전혀 어울리지 않는 아름다운 경치와 서양식 생활에 당황했지만, 두 사람이 즐거워 보여 그럼 됐지 뭐, 하고 생각했다.

내가 중학생이었을 때, 엄마에게 연하의 남자가 생겨 두 사람은 이혼의 위기를 맞을 뻔했다.

속속들이 기억하고 있다.

아빠와 엄마는 1층 방에서 꽤 오래도록 얘기를 나눴다.

말다툼하는 소리도 들렸다. 나는 왜였는지 그때 「스카보로 페어」란 노래에 빠져, 이어폰을 끼고 큰 소리로 그 곡을 몇 번이나 듣고 있었다. 아래층에서 나는 소리가 들리지 않도록 귀를 꼭 누르고. 파슬리, 세이지 로즈메리, 타임이라고 주문을 외듯 머릿속으로도 노래를 불렀다. 새벽이었다. 내 방의 회색 카펫이 희뿌옇고 밝게 보였다. 창밖은 묘한 파란색, 하늘을 질러가는 새들의 모습을 보고 있었다.

복도 건넌방에서는 언니가 자고 있었다. 몇 번인가, 그래도 잠이 안 오면 언니 방에 가서 얘기나 할까, 하고 생각했다. 서글펐다. 하지만 어쩌면 오기, 어쩌면 증오심 같은 것이 나를 꼼짝 못 하게 했다. 그리고 나는 이불 속에서 얼어붙은 듯 음악만 계속해서 들었다.

지금도 그 곡을 들으면 그때의 파란 하늘이 생각난다. 지난번에 뉴질랜드의 해변 레스토랑에서 아빠 엄마와 식사를 하고 있는데, 그 곡이 왕왕 들려왔다. 나는 나도 모르게 울다가 웃다가 했다. 아빠와 엄마는 이상하다는 표정을 지었다. 세월의 힘과 음악의 힘이 순간적으로 내 안의 감정을 폭발시킨 것이다.

언니가 불쑥 유령처럼 창백한 얼굴로 방에 들어왔다. 그러나 사실은 창밖 새벽빛이 얼굴에 비쳤을 뿐이었다. 나는 이어폰을 빼고 언니를 보았다.

"결국 이혼한대. 엄마가 집 나간대."

언니가 말했다.

"엿들었어?"

"응, 둘이서 침통하게 식탁 쳐다보고 있더라."

"놀랍다."

"그래, 놀랄 일이지. 이런 일이 정말 있다니, 전부 꿈만 같다."

지금 생각하면, 그때 우리 둘의 심각한 모습이 가장 재미있는 부분이다. 사춘기였던 우리는 아빠와 엄마가 남자와 여자로 돌아간 장면을 보고, 그 부끄러움 때문에 더욱 심각한 척했던 것이리라. 새벽녘의 파랑을 배경으로. 언니가 자기 방으로 돌아간 다음에도 나는 잠들지 못했다. 몇 번이나 음악을 들었고, 충격으로 머릿속에서는 같은 말이 계속 맴돌았다. 헤어짐. 그리고 즐거웠던 추억들을 되새겼다. 아빠 엄마가 손을 잡고 해변을 걸었던 일, 그 후 가족끼리 나란히 앉아 불꽃놀이를 구경했던 일. 시원한 바닷바람 속에서 귀가 따끔거릴 만큼 큰 소리와 함께 거대한 꽃이 피는 것을 보면서, 우주에 떠 있는 것 같다고 생각했던 일. 어린애들은 정말 편하다, 고 나는 기억 속의 자신을 부러워했다.

다음 날 눈을 뜨자, 어찌된 일인지 엄마가 아니라 아빠가 없었다.

엄마는 오히려 쾌활했다. 만약 아빠가 돌아오면 우리 모두 같이 닦이하자, 그럼 기분이 달라질 거야, 학교 가지 마, 라고 영문 모를 소리를 했다.

그리고 저녁은 마당에서 바비큐를 해 먹자고 했다. 대체 무슨 생각 하는 거야 엄마, 하고 언니가 말했지만, 엄마는 잠시 눈을 붙인 후 고기와 야채와 숯을 사러 서둘러 차를 타고 나가 버렸다.

나와 언니는 어처구니없어 하면서도 소스를 만들고 철망에 눌어붙은 때를 벗겨 냈다. 그러다 보니 뜨 어떻게 된 일인지 신이 났다. 자포자기하는 심정이었다. 엄마는 오디오를 켜고 오래된 레코드판을 큰 소리로 틀어 놓았다. 메리앤 페이스풀의 노랫소리가 마당으로 흘러나왔.

"엄마 어렸을 때는 말이야, 이 가수 어린 시절처럼 살았어."

엄마가 말했다. 소고기와 옥수수를 구우면서. 숯이 타닥타닥 소리 내며 타고, 마당의 어둠에 갖가지 냄새가 떠다녔다. 우리는 아빠가 아끼는 오래된 포도주를 따서 마셨다. 괜찮아, 마시면 어때, 안 돌아올지도 모르는데, 라고 엄마는 말했다.

"어떻게 살았는데?"

내가 물었다.

"귀족 같은 생활. 옛것들에 둘러싸여서, 집안일은 안 하고 그림 보고 책 읽고 고전 음악 듣고. 그리고 파티."

"할아버지가 부자여서?"

"그래. 게다가 화상(畵商)이잖아. 그런 사람들이 모여서."

"아빠하고 도망쳤다면서?"

"그래, 한눈에 반해서."

엄마는 웃었다. 우리는 각자의 잔에 포도주를 따라 열심히 마셨다. 썩 괜찮은 기분이었다. 숯이 선명한 빨강으로 타올랐다. 랜턴 속 불꽃이 팔락팔락 흔들렸다. 마당의 흙이 하얗게 부각되어 보였다. 고기도 채소도 유난히 맛있었다. 괴로움과 외로움을 떨쳐 버리려 할 때, 소박한 선물처럼 그렇게 자유가 생겨난다.

"그래서, 지금 만나는 그 남자가 그때 생활을 기억나게 해 준다는 뜻이야?"

한창 건방질 때인 언니가 술에 취해 말했다.

"장난이야. 이제 안 만나."

언니보다 더 취한 엄마는 그렇게 말하고는 고기를 뒤집었다.

"밖에서 먹고 마시면 왜 이렇게 맛있지."

나는 말했다.

"공기가 좋으니까."

엄마는 하늘을 올려다보았다. 엄마의 푸석푸석한 머리칼에 군데군데 섞여 있는 흰머리가 불빛을 받아 투명하게 빛났다.

"시답잖은 일이 있을 때는, 유심히 살펴보면 다른 한편에 이렇게 신나는 일이 숨어 있는 거야. 하느님은 다 생각하고 있거든."

엄마가 말했다.

"아빠가 지금 친구하고 긴자의 술집에 갔다면 용서할 거야. 그렇지 않고 만약 친가에 가서 할머니가 해 준 밥을 먹고 있다면 마더 콤플렉스니까 헤어질 거고."

그렇게 말하는 엄마의 뒷모습이 듬직하고, 밤하늘을 배경으로 해묵은 인형처럼 보였다. 꽃무늬 원피스, 둥그런 어깨선, 마치 죽은 사람을 태우는 듯 피어오르는 연기. 마당을 장식하고 있는 광경에는 박력이 있었다.

언니와 나는 머리가 아파서 다음 날 학교에 가지 않았다.

그리고 아빠는 두 주일 후에 돌아왔다. 다행히 친가에는 가지 않았고, 친구와 마시고 헤매 다니다가 나사가 풀려, 쫓겨 돌아왔다. 그리고 이혼 얘기는 없었던 일이 되었다.

부드러운 햇살이 따끈따끈하게 우리를 데웠다.

몸은 모든 것을 알고 있다 45

우리는 스트레스가 쌓이면 이렇게 곧잘 드라이브를 하고, 서로 아무 말 없이 앉아 있는다. 가끔 투덜투덜 푸념을 늘어놓으면 농담으로 되받는다. 그러다 보면, 이렇게 기억의 깊은 곳에서 도움이 될 만한 일이나 따스하게 기운을 북돋는 일이 떠오르곤 한다. 우리는 그런 식으로 많은 것들을 풍경 속에 털어놓는다. 그리고 온천에 들르면, 참 멀리도 왔다고 말하면서 노천탕에 몸을 담그고 밥을 먹고 맥주를 마시고, 또 노천탕에 몸을 담그고는 축 늘어져 도심으로 향하고, 졸린 눈으로 헤어진다. 그러고 난 다음 날에는 어린 시절처럼 말똥말똥하게 눈이 떠진다.

말하지 않아도 좋은 친구는 그리 많지 않다. 일단 억지로 얘기하기를 그만두면, 몸이 오랜 세월에 길든 서로의 리듬을 저절로 새겨 준다. 그러면 대화는 느긋하고 매끄럽다.

기억이 점차 또렷하게 되살아났다.

경치는 거의 바뀌지 않았다. 저 앞바다에 떠 있는 바위의 모양도, 거기에 부딪히는 파도의 그림자도. 나는 여기에 아빠와 앉아 있었다. 엄마와 언니는 발을 물에 담그고 조잘거렸다. 아빠가 점심을 먹자고 두 사람을 불렀다. 그때 호랑나비가 하늘하늘 날아와 눈앞에서 그 새카만 날개를 접고 쉬었다. 마치 낡은 레이스 조각처럼 날개가 예뻤다. 그것은 내 첫 기억이었다.

그때, 눈앞에 호랑나비가 날아왔다.

나는 정말 깜짝 놀라, 내 눈을 의심했다.

친구는 호랑나비다, 아유 예뻐, 정말 예쁘다! 라면서 슬픔을 잊고 예쁘게 웃었다.

지금은 초췌하게 눈 밑에 기미까지 끼어 있지만, 언젠가는 새로운 사랑을 하고 다이어트다 뭐다 시끄러워지리라. 내가 전에 여기 왔었다는 것을 잊게 한 똑같은 힘이 그녀를 또 웃게 한다.

멈추지 않는 시간은 아쉬워하기 위해서가 아니라 아름다운 순간을 하염없이 품기 위해 흘러간다.

나는 아, 작은 선물, 이라고 생각했다.

다도코로 씨

 새로 입사하거나 아르바이트를 하러 온 사람은 사흘쯤 지나면, 늦어도 일주일쯤 지나서는 반드시 내게 묻는다, 조심조심.
 "다도코로 씨, 대체 뭐 하는 사람이에요?"
 나는 회사의 마스코트 같은 사람, 이라고 가볍게 설명하는데 모두들 납득이 안 간다는 표정이다가 어느새 익숙해지고 만다.
 다도코로 씨는 10시면 정확하게 출근해서 6시에 돌아간다. 자리에 앉아 커피를 마시고 책을 읽고, 아무도 전화를 받지 않을 때는 전화도 받고 복사를 해 달라고 부탁하면 복사도 해 준다. 육십 대 후반에서 칠십 대쯤 된 할아버지인데, 유난히 피부가 매끄럽다. 부인은 없다. 자식도 없다. 혼자서 산단다.

그런 다도코로 씨가 결근하면, 별다른 이유도 없이 다들 시무룩해서 걱정하고 몇 번이나 그의 자리로 눈길을 돌린다. 사장은 방이 따로 있는데 하루에 한 번은 다도코로 씨를 보러 와, 마침 자리에 없으면 행운을 놓쳤다는 듯한 표정을 지으며 곧장 사장실로 돌아간다.

다도코로 씨는 옛날 모두의 묵인하에 학교 운동장 한 구석에서 키웠던 고양이 같다. 의무는 아닌데 모두들 먹이를 주어, 늘 거기 있을 수 있었던 고양이. 다도코로 씨는 빌딩과 빌딩 사이의 조그만 화단 같다. 그가 있어 모두들 조금은 이 세상을 좋아할 수 있고 자신의 선의를 확인할 수 있다. 그것은 좋은 일도 나쁜 일도 아니다. 다만 사람에게 꼭 필요한 일이다.

내가 입사했을 때는 먼젓번 사장이 드문드문 회사에 얼굴을 내밀어 후계자인 아들에게 이런저런 지시를 내리곤 했다. 에너지가 넘치는 백발의 할아버지는 담배를 피우질 않나 커피를 벌컥벌컥 마셔 대질 않나. 그래 가지고 용케 건강식품 전문 매장을 열다섯 군데나 거느리고 있다 싶을 정도였다. 아들인 지금 사장은 건강 마니아로 남미의 식물을 새로이 취급하는가 하면, 원주민에게 이익금을 환원하는 프로젝트에도 손을 댔다. 지금은 매장이 세 군데나 줄었고 당시보다 회사 규모도 작아졌지만, 통신 판매가 신장세를 보여 불황 중에 그나마 안정을 유지하고 있다. 나는 입사 초 열다섯 개의 매장에 비치하는 회보와 팸플릿을 작성하는 부서에 있었다. 오래도록 한 부서에 붙어 있은 덕분인가, 지금은 팸플릿은 물론 홈페이지까지 관리하는 높은 자리에 있다. 부하 직원도 아르바이트생까지 하면 세 명이나 된다. 그래 봐야 조그만 회사니까 딱히 그럴싸한 일은 하지 않지만, 이 불황 속에서 행복한 위치라고 생각한다.

다도코로 씨는 내가 대학교를 졸업하고 입사했을 때 이미 거기에 있었다.

다도코로 씨는 좀 쿠리쿠리한 냄새가 나고 다 낡아빠진 양복을 입고 있다. 하복과 동복이 한 벌씩이란다. 와이셔츠는 보다 못한 남자 직원이 안 입는 것을 세탁해서 갖다 주기도 하고, 여직원이 싸게 사서 선물하기도 한다. 키가 작고, 대머리에 눈이 가늘어 표정을 읽을 수 없다. 그러나 수염만큼은 꼼꼼하게 깎는다. 겉보기에는 요괴 같고 섬뜩하다. 그러나 신기하게도 다도코로 씨를 보면서 답답한 기분은 들지 않는다. 이상한 일이지만 겉보기에는 말쑥해도 보고 있으면 답답해지는 사람이 있는데, 그는 그 반대다. 산을 바라볼 때의 기분하고 비슷하다. 멀고, 그냥 예쁜 것. 그것은 그의 영혼의 색깔이리라.

별 의미 없이 있는 사람이지만 그에 대해 언급해서는 안 되나 보다, 하고 생각한 나는 내내 보면서도 못 본 척 입을 다물고 있었다. 그러나 한 달쯤 지나자 끝내 견딜 수가 없어 당시의 직속상관, 나중에는 잠시 사귀었던 사람에게 묻고 말았다.
"다도코로 씨, 대체 뭐 하는 사람이에요?"
그는 웃으며, 지금까지 안 물은 게 신기하군, 이라고 말했다.

그 상관이 해 준 이야기는 이렇다. 지금 사장은 초등학생 때 엄마에게서 버림받았다. 그를 두고 엄마가 가출한 것이다. 그때는 정말 엉망진창이었다. 먼젓번 사장이 너무 바빠서 돌보지 못한 탓이다. 그런데 다 낡은 이웃 아파트에 살고 있던 머리가 좀 이상한 다도코로 씨가, 길 가다 곧잘 보았다는 인연만으로 어린 지금 사장을 제 몸처럼 보살폈다. 거칠 대로 거칠어진 사장에게 돈을 뜯기기도 하고 얻어맞기도 했지만, 다도코로 씨는 친아들 이상으로 애정을 쏟았다. 자살을 만류하기도 했고, 그의 기분을 풀어 주려고 가진 돈 전부를 털어 여행도 보냈다.

사소한 일로 성질이 났던 지금 사장은 다도코로 씨를 찔러 놓고 입원비를 물 수 없자, 그제야 다도코로 씨의 애정이 얼마나 극진한지를 먼젓번 사장에게 전했다. 그러고는 단호하게 재기했다고 한다. 먼젓번 사장은 직업도 없는 데다 부모가 남겨 준 돈을 다 날려 버린 다도코로 씨를 우리 회사에 의미도 없이 두기로 결정했다. 건강식품 상담원이란 명목으로 그는 사원이 되었다. 정년으로 퇴직한 후에는 아르바이트생이라 쳤다. 오지 않아도 상관없는데 그는 매일 아침 꼬박꼬박 회사에 나왔다. 지금 사장은 술만 마시면 다도코로 씨에 대해 "다들 귀찮을지 모르겠지만 그래도 좀 참아. 그 사람이 딱히 뭘 해 준 것은 아니지만, 내게는 아버지 이상의 아버지고 어머니 이상의 어머니라고." 라고 말한다.

그런데 정말 신기한 것은, 다도코로 씨가 전혀 문제가 안 된다는 점이다. 아무도, 그에게 주는 월급이 아깝다느니 왜 자르지 않느냐느니 하며 시끄럽게 굴지 않았다. 현대 사회에서 그런 일이 있을 수 있다니 믿을 수가 없었다. 하기야 사랑받고 있어서가 아니라 늘 공기에 녹아 있기 때문이었지만. 때로 다도코로 씨를 생각하면 어둠 속에서 소리 없이 벽을 떠받치고 있는 이미지가 떠오른다. 우리 회사 사람들은 모두 남몰래 믿고 있다. 괜히 그를 업신여기거나 홀대하여 그가 없어지면 벌을 받을 것 같다고. 그것이 그의 마력인지 매력인지는 알 수 없다. 다만 모두들 진심으로 그렇게 믿는다는 것만은 암암리에 알고 있다. 나도 그렇게 믿으니까.

한때는 다도코로 인형을 만들어 부적 대신 지니고 다니는 유행이 퍼지기도 했고, 다도코로 씨가 죽으면 어쩔 건데? 하고 누가 농담을 하면 반드시 누군가가 화를 내거나 눈물을 머금었다. 정말 기특한 존재다.

어느 비 내리는 오후, 커피를 끓여 다도코로 씨에게 들고 갔다.

그의 빈약한 어깨 너머로 주룩주룩 빗물이 흘러내리는 유리창과 건너편 빌딩의 뿌연 불빛이 보였다.

"여기 커피요. 다도코로 씨, 기운이 없어 보이네요, 무슨 걱정 있어요? 감기? 창고에서 액상 프로폴리스 갖다 드릴까요?"

여느 때 같으면 내가 커피 잔을 들고 다가가기만 해도 손까지 흔드는 귀여운 다도코로 씨가, 오늘은 가만히 창밖만 내다보면서 프로폴리스 캔디를 빨고 있었다.

"으응, 감기 아니야. 그런데 걱정이야. 세탁기 뒤에다 뭘

키우고 있는데, 비가 와서 외롭지는 않나 하고."

그의 대답에 나는 어질어질했다.

"키우고 있다니, 뭘요?"

"코짱 같기도 하고 죽은 어머니 같기도 하고. 하느님 같은 느낌도 들고, 어쩌면 집 귀신인지도 모르지. 마음에 안 드는 일이 있으면 세탁기를 막 흔들어. 거기서 새는 물을 마시며 살고 있고. 벌써 오래전부터 우리 집에 있어. 내가 잠들면 살짝 방으로 들어오는 것 같아."

코짱이란 지금 사장의 별명이다.

"그래서 빨래를 할 수가 없어. 지난번에도 말했지만, 손으로 빨래해. 놀라게 하면 안 되니까."

"그래서 안 외롭겠네요."

나는 말하고 나서 미소 지었다.

"응, 코짱은 벌써 어른이 돼서 결혼까지 했으니까."

다도코로 씨가 말했다. 그러고는 또 창밖을 내다보았다.

나는 가슴이 답답해서 화장실로 뛰어가 결국 울고 말았다. 불륜 때문에 괴로웠을 때도 회사에서는 울지 않았는데.

모두가 그런 다도코로 씨에게 친절하고 그래서 그가 조촐하게나마 살아갈 수 있는 이 세상이, 다행스러웠다. 나에게 이런 귀여운 눈물이 남아 있다는 것이 고마웠다. 그리고 그의 인생을 생각하자 서글펐다. 사회에 섞이지도 않고 뜨거운 연애도 하지 않고 불륜으로 성욕을 처리하는 일도 없고 손자의 얼굴을 보는 일도 없이, 세탁기 뒤에 사는 무엇과 고요하게 생활하는 그.

 모두들, 할아버지 커피 마실래요? 멍청하기는, 뭘 하러 오는지 모르겠다니까, 하고 말은 하지만, 그를 보는 눈길은 따뜻하다.
 전에 사무직 아르바이트를 했던 회사에서, 오후 제일 바쁜 때, 다들 말없이 컴퓨터 앞에 앉아 있거나 통화하거나 손님 접대를 하는 조용하면서도 긴장된 공간에 비명이 울려 퍼진 적이 있었다. 너무 놀라 처음에는 무슨 일인지 어리둥절하기만 했다. 공간 한가운데쯤에 한 여사원이 우뚝 서서 외치고 있었다. "다들 뭐야! 내 탓이 아니라고! 아유 지겨워!"란 말을 몇 번이나 계속했다. 끔찍한 목소리로 울부짖으며 머리칼을 쥐어뜯었다. 모두들 어안이 벙벙했고 그 시간이 무척 길게 느껴졌다. 주위 사람들이 그녀를 껴안고 휴게실로 데리고 가는 것을 멍하니 쳐다보았다. 누구 탓도 아니지만 궁지에 몰린, 세상에서 흔히 보는 고통이었다.
 지금 회사에서도 가끔 누군가가 다도코로 씨에게 화풀이를 한다. 옆에 있기간 해도 눈에 거슬린다고! 당신 벌어

먹이려고 일하는 거 아니란 말이야! 하고 소리를 지르기도 하고, 다도코로 씨에게만 커피를 안 타 주기도 하고, 그가 복사를 하다 실수하면 욕설을 퍼붓기도 한다. 그러나 너무 심하다 싶으면 누군가가 "왜 다도코로 씨한테 화풀이를 해."라는 말 정도는 한다.

다도코로 씨는 아무 말도 하지 않는다. 그러나 그렇게 발산한 덕분인가, 다음 날이나 그다음 날쯤이면 다들 절절하게 반성하고 그의 책상을 꽃으로 꾸미거나 사과를 한다. 그래도 다도코로 씨는 멍하니 먼 곳을 보면서 고맙다는 말을 할 뿐이다. 딱히 웃지도 않고 위로하지도 않고, 도리어 미안하다고도 하지 않는다. 하지만 그렇게 또 일상이 돌아온다.

나는 현실이란 그렇게 단순한 것이 아니라고 생각했는데, 그런 광경을 보면 사람이란 참 단순하다는 생각이 든다. 마음의 어둠을 처리할 장소가 있으면 조용한 사무실에서 비명을 지를 만큼 절박해지지 않는다.

옛날, 사람이 매머드의 고기 같은 것을 먹었던 시절, 남자가 여자를 힘으로 제압하고 여자는 자식을 많이 낳던 그런 시절, 풍경이 저 멀리까지 보였던 시절…… 언제였을까, 얼마나 먼 옛날일까, 하지만 그 시절의 마을에는 다도코로 씨 같은 역할을 맡았던 사람이 반드시 있었으리라.

"오늘도 비가 오네요, 다도코로 씨. 그 뭐 키운다는 거, 외로워하지 않을까 모르겠네요."

나는 커피를 들고 가 그렇게 말을 걸었다.

"그거 말이지, 정체를 알았어. 수정이었어."

다도코로 씨가 도박또박 말했다. 입가에, 아까 누가 출장 간 기념으로 사 왔다고 나눠 준 과자의 크림이 묻어 있었다.

"......?"

"옛날에 할머니가 유품으로 준 돌. 잃어버린 줄 알았는데, 거기에 돌아와 있었어. 한밤중이라 캄캄한데 방 한가운데서 보라색이 보였거든. 불꽃처럼 빛났어. 텔레비전에서 어떤 훌륭한 선생님이 돌은 살아 있다고 했으니까, 틀림없어."

다도코로 씨가 말했다.

"정말 있나 보네요."

"응, 느낄 수 있어. 없어지면 외로울 거야."

"걱정 말아요, 편해서 있는 걸 테니까."

나는 적당히 말을 받아넘기고 자리로 돌아갔다.

다도코로 씨는 커피를 마시면서 창밖을 보았다. 빗물이 유리창으로 흘러내린다. 그리고 뚝뚝 떨어져 아스팔트를 씻는다. 멀리서 구름이 하얗게 빛나고 가끔은 천둥소리가

몸은 모든 것을 알고 있다 57

희미하게 들린다. 회색뿐인 세계. 이 건물 안은 깨끗하고 눅눅하지도 않고 아주 밝고 편안하다. 그리고 아무도 돌아보지 않는 한 사람의 위대한 인생이 조용히 숨 쉬고 있다. 마치 그의 세탁기 뒤에 있다는 무엇처럼, 소리 없이 부드럽게.

그 후 복사하러 가면서 문득 생각이 나서 책상 위에 있는 여성 잡지의 「힐링 스톤 특집」을 들고 갔다. 내 일을 제쳐 놓고 용지를 바꿨다. 다도코로 씨를 위해 '수정'을 예쁘게 컬러로 복사해 주기로 했다.

커피 잔을 한 손에 들고 종이 냄새 가득한 복사실에서 유리창에 부딪히는 빗소리를 들으며 그 작업을 하던 나는, 그 미적지근한 비 내리는 오후, 마음이 넉넉하고 풍요로워진 것을 알았다.

조그만 물고기

고등학생 때였나. 가슴 한가운데에 조그만 종기가 생겼다. 옷에 쓸리고 터져서 피가 나오더니 커다랗게 부었다. 피 같은 색인데, 아프거나 가렵지는 않았다. 나는 '혹시 암'일까 봐 병원으로 달려갔다.

"아테롬입니다."

의사가 말했다. 섬유질과 지방이 뒤엉킨 덩어리란다. 잘라 내도 다시 생기거나 더 커질 가능성이 있으니까 시트에 약을 발라 삼 년 동안 붙이고 있으세요, 라고.

삼 년? 하고 생각한 후, 농담하나 싶은 마음에 치료를 중단했다.

간혹 계절에 따라 피부가 약해졌을 때, 딱 맞는 속옷을 입었을 때, 스웨터의 털실이 찌를 때, 그 아테롬이 빨갛게 부어오르면서 가렵고 아팠다. 하지만 별일 없겠지 하고 마냥 그대로 내버려 두었다. 그리고 그것은 몸의 일부가 되어 갔다. 내려다보면 가슴 한가운데에 있었다. 그리고 어떻게 보면 조그만 물고기 같은 모양이었다.

어느 겨울날이었다. 온천에 다녀왔는데 왠지 피부가 가렵고 그 부위가 빨갛게 부었다. 드디어 왔나, 하고 나는 생각했다.

아빠에게도 같은 것이 다른 부위에 있는데, 십 년 전쯤 그 부분이 곪아서 병원에 갔다. 아빠는 그때 절개 수술이 얼마나 아팠는지 몇 번이나 얘기했다. 지금까지 경험한 아픔 중에서 제일 심했다는 말까지 했다. 더 심해지기 전에 병원에 가서, 째자고 하면 약으로 대충 낫게 해 달라고 해야지, 하고 생각했다. 그리고 완전히 떼어 낼 수 있는지도 물어보자고.

나는 일요일에도 진료를 하고, 레이저 치료도 하는 비교적 가까운 병원을 골라 전화를 걸어 보았다. 주름과 여드름 자국을 없앤다면 켈로이드도 취급할 테니까, 어쩌면 뗄 수 있을지도 모른다고 생각했던 것이다. 실은 내내 그 아테롬이 마음에 걸렸다. 곪으면 째야 하는 데다 그 치료가 몹시 아프다는 생각이 머리에 박혀 있어, 늘 마음 한구석이 무거웠다.

예약이 꽉 찼는데 잠시 기다릴 수 있으면 오세요, 라고 접수하는 언니가 상냥한 목소리로 말했다. 나는 별생각 없이 택시를 잡았다. 부슬부슬 비가 내렸다. 묵직하게 구름 낀, 따뜻하고 바람이 센 오후였다. 길거리를 오가는 사람들 모두가 휴일을 즐기는 듯 보였다.

그 병원은 아주 깨끗하고 대기실도 널찍했다. 잡지에서 본 적 있는 의사가 분주하게 걸어갔다. 간호사들은 모두 바지런하게 일했다. 나는 마음속으로 '오늘은 진찰하고 소염제 정도로 끝나겠지…….' 하고 생각했다. 생각보다 빨리 이름을 불러 진찰실로 들어가자, 의사가 자세한 설명과 함께 내 아테롬의 상태를 알려 주었다. 잘 모르는 의사가 칼을 대 더 커지는 경우가 많다고, 지난번과 똑같은 설명을 들었다.

"가능하면 떼어 내고 싶은데요."

내가 말하자 의사는 거기에 드는 비용과 레이저 시술에 대해서 또 정성껏 설명하고는 주저 없이 말했다

"그러니까 전부 네 번이죠. 오늘부터 할 수 있습니다."

나는 그때도 아무 생각이 없었다. 그리고 다시 나오기도 귀찮아서 "그럼 오늘부터 하죠."라고 바로 대답했다.

진찰실에서 기다리는 동안에도 왜 내가 의사의 말을 건

성건성 듣는지 알지 못했다. 아마 마취와 레이저가 무서워서겠지, 하고 멍하니 이유를 달고 있었다. 동의서를 쓸 때도 왠지 기분이 들떠 있었다.

치료는 금방 끝났다.
마취 주사가 놀랄 만큼 아팠지만, 아빠가 말한 고름을 짜내는 아픔에 비하면 아무것도 아니었다. 커튼 너머 옆 침대에서는 주름 없애기 작업을 하고 있는 것 같았다. 눈가리개로 눈을 가리자 내 가슴 한가운데에 레이저가 닿았다. 따끔따끔할 뿐 아프지는 않았다.
다음 진료 시간을 예약하고 진료비를 치르고 거리로 나왔다.
어느 틈엔가 비가 그치고, 거리는 저녁이었다. 나는 소독약을 사려고 약국에 들렀다. 아무렇지 않을 줄 알았는데, 그래도 역시 어떤 동요가 있었던 모양이다. 사려고 집어 들었던 우산을 팔에 걸친 채 계산대에서 소독약 값만 치르고 밖으로 나오고 말았다. 우산은 아주 자연스럽게 팔에 걸려 있었다. 의식하지 않으면 별 어려울 것 없구나, 하고 도둑질의 요령을 생각하면서, 잠시 앉아 쉬고 싶어 찻집에 들어갔다. 낡은 찻집이었다. 일요일의 찻집에서 단체 손님과 마주치면 왜 기분이 우울해지는 것일까? 단체 손님은 본인들 생각에도 해도 좋고 안 해도 좋을 얘기를 주절주절 늘어놓고 있었다. 굳이 듣고 싶은 것은 아닌데 듣고 있자니 점점 우울해졌다. 마음에 없는 얘기는 추하게 느껴진다. 나는 뜨거운 커피를 마시고서야 내가 몹시 동요하고 있음을 알았다.

밖으로 나오자 조금 어두웠다. 가게는 화사한 불빛으로 오가는 사람들에게 손짓했다. 나는 하늘을 올려다보고는, 왠지 몹시 슬퍼졌다. 할인 판매에 모여든 사람들과 노천 카페에서 차를 마시는 사람, 걸으면서 과자를 먹는 사람, 혼자 라면 집에 들어가는 사람, 많은 사람들을 보면서 가게들이 잔뜩 늘어선 거리를 터벅터벅 걷는다. 물기를 머금은 미적지근한 바람에 머리칼이 휘날린다. 하늘은 군청색이다. 왠지 모르게 애절한 이 기분은 대체 뭘까? 누구와 헤어진 다음 같다.

방으로 돌아와 마시면 안 된다는 맥주를 마시면서 집에다 전화를 걸었다.

언니가 받았다. 오늘 있었던 일, 마취 주사가 아팠다는 얘기를 했다.

"좀 섭섭하다. 물고기 모양, 남겨 달라고 하지 그랬니?"

언니는 무책임하게 말했지만 내 마음속에서는 무언가

가 반짝 빛났다. 언니가 바로 핵심을 찌른 것이다.

그다음엔 엄마가 받았다.

"아까 꿈에 네가 보였어. 깨어나서 보니까 엄마가 눈물을 흘렸더라."

"정말? 아, 불길하다."

"아니야, 전혀 불길하지 않아, 진짜 있었던 일이야. 우리 가족 넷이서 해변에다 파라솔 세우고 데크체어 빌려다 놓고, 너는 두 살쯤인데 졸리다고 칭얼대고. 의자에 눕혔더니 그대로 잠들었어. 젖은 몸 제대로 닦지도 않고 말이야."

어째서였을까? 그 얘기를 들으면서 내 조그만 몸이 푹 젖어 있고 엄마의 수영복도 젖어 있고, 몸은 뜨겁고, 졸리고 찝찝해서 견딜 수 없는 기분이 선명하게 되살아났다.

"슬프다, 엄마."

"그래, 슬프지!"

아빠는 나이가 들어 걷지도 못하고 엄마는 이제 수영하지 않는다. 모든 일이 그리운 옛날이 되고 말았다. 그래서인가? 아니다, 나는 그런 꿈을 꾼 엄마가 슬펐다.

거즈를 댄 가슴 한 부분이 볼록하게 부어 있고 가려웠다. 가려워서 나도 모르게 그 자리를 의식한다. 그러고는 아연해진다. 이제 그 물고기는 없다, 슬플 때도 기쁠 때도 늘 거기 있어 주었던 내 몸의 일부……. 정말 놀랄 일이다.

자신의 형태가 일부 변했다.

　나는 언젠가 떼어 낼 거면 바꾸는 편이 좋다고 선택해 놓고는 이렇게 당황하고 있다……. 그렇다면 성형을 한 사람은 어떤 기분일까? 원래의 자신과 두 번 다시 만날 수 없다. 가슴 확대 수술은? 아무리 작은 가슴이라도 자신의 세포로 이루어진 낯익은 자신의 몸인데, 그게 바뀐다는 것은 대체 뭘까? 나쁘다는 것이 아니다. 다만 그게 어떤 의미를 갖는지 생각해 본 적이 없다는 것뿐이다.

　애인이 찾아와, 나는 오늘 일을 얘기했다.

　"그래, 이제 없는 거야……. 어째 좀 허전하다."

　갑작스러워 놀랐다면서 그는 절실한 말투로 그렇게 말했다.

　그러고 보니, 지금까지 사귄 모든 애인 앞에서 나는 옷을 벗을 때마다 미리 이렇게 말하곤 했다. 여기 물고기 모양 켈로이드가 있거든. 그러나 거기에 신경을 쓰는 사람은 아무도 없었다. 없애 버리지그래, 하고 말하는 사람도 없었다. 나 이상으로, 그 물고기 모양의 융기를 내 일부라 여겼던 것이다. 누군가와 헤어져 목욕탕에서 울 대도 그 모양이 내 눈에 들어왔다. 여기, 내 일부가 있다고 생각했다.

　평소처럼 느긋한 저녁 시간이 찾아오고, 우리는 텔레비전을 보면서 밥을 먹었다. 만두와 맥주와 마요네즈에 버무린 근채 샐러드. 여느 때와 아무 다를 게 없는데 나는 침울했다. 마취가 풀려 상처가 욱신욱신 아팠다. 병원에서 받아 온 진통제를 먹었더니 잠이 쏟아져, 소파에서 깊은 잠에 빠졌다.

퍼뜩 눈을 떴더니 한 시간이 지나 있었다.

이제 없어, 하고 나는 생각했다.

오늘 아침으로 돌아가고 싶다, 고 생각했다. 그래도 마찬가지로 떼어 낼 결심을 했을 것이다. 그런데도 다시 한 번 그 물고기 모양을 보고, 만지고 싶었다.

인간을 생각하는 기분이었다. 이 가슴의 거즈를 벗겨 낸들 이제 거기에는 그 모양이 없다. 나는 변했다. 과장이 아니라 그렇게 느꼈다. 아주 조금이지만, 소중한 것과 어쩔 수 없이 헤어졌을 때의 기분……. 예를 들면, 여행을 하다가 어쩌다 만난 사람과 의기투합하여, 남자든 여자든 금방 친해지는 일이 있다. 연인이 되고 친구가 될 인연은 아니어도 마음이 아주 잘 맞기도 하고, 서로 사는 곳이 멀어 거기서 우연히 만나지 않았다면 평생 만나지 못했을 사람이기도 하다. 그런 만남 후 목적지가 같아 일주일 정도 함께 움직이면서, 같이 밥 먹고 구경하고 같은 여관에 묵으며 서로의 방을 오가고, 웃고 때로는 어색해하기도 하다가, 다음 목적지가 달라 어느 날 아침 헤어지는 그런 느껌이었다. 딱히 그 사람을 좋아하는 것은 아니어도, 또 만날 날이 있겠지, 하면서 마지막 아침을 같이 먹는다. 그즈음부터 두 사람 사이에 왠지 모를 쓸쓸함이 스민다. 주소와 전화번호를 교환하고, 역까지 바래다주고 손을 흔든다.

그리고 혼자 걸음을 내디딜 때 문득 깨닫는다. 외로움에 흠뻑 젖은 자신을. 두 번 다시 같은 장소에서 만나는 일은 없으리라, 같이 여행하는 일도 아마 없으리라. 만난다 해도 어제까지 유쾌하게 웃고 떠들던 여행의 길동무로 돌아가지는 못한다. 아까까지 여기에 있어 만질 수 있었는데, 이제 다시는 만날 일조차 없을지도 모른다.

그때 비로소 여행의 추억은 귀중한 빛을 띠고, 우리는 시간의 흐름이 얼마나 잔혹하고 허망한지를 안다.

상대방도 지금쯤 외로움에 젖어 있겠지, 지금은 어떤 애인보다 친구보다 육친보다 절실하게 만나고 싶은 존재다. 그러나 이제 몇 시간 지나면 서로를 잊고, 희미해지고, 또 새로운 내일이 시작된다. 그 점이 제일 서글프다.

한밤중에 전화벨이 울렸다. 자동 응답기에서 흘러나오는 요란스러운 메시지를 들었다. 신주쿠 2동에 있는 아는 술집의 남자 주인이 굵은 목소리로 외쳤다.

"벌써 자는 거야! 나야! 전화 좀 해 줘! 나라고! 일어나! 듣고 있는 거야! 급해! 전화해 줘!"

잠시 생각하다 전화를 걸었더니, 아니나 다를까 내 친구 둘이 거기서 술에 취해 만신창이가 되어 있었다. 술집 주인과 두 친구는 번갈아 전화를 받으면서 제멋대로 지껄여 댔다……. 나 회사 그만둘 거야! 내가 결정한 물건이 날아가 버렸다고! 아아, 온천 가고 싶다! 어떤 팬티 입고 있는데! 등등, 나보고 나오라고 하지 않는 것이 신기할 정도였다. 틈이 나서 건 거야! 하고 다들 소리를 꽥꽥 질렀다. 그 천박한 말투는 외로움을 날려 보낼 만큼 박력 있었다. 그때 내게는 그 흥분한 사람들의 천박한 목소리가 천사의 속삭임처럼 고결하고 부드럽게 들렸다.

마지막으로 성격이 아주 강한 친구가 수화기를 들었다.

"온천에 가는 거, 월말이나 돼야 가능해. 본 적 있지? 가슴에 있는 켈로이드, 레이저로 떼어 내는 중이야. 치료하고서 사흘은 목욕 못 해."

"어어 잠깐, 그래서 뭐 잃어버리지 않았어?"

단박에 그녀가 물었다.

"아니, 그런 거 없는데. 물리적으로는 가슴에 있던 켈로이드를 잃었지만."

"그래? 있잖아, 그 말 들으니까 뭐랄까, 누구하고 안녕하고 헤어진 느낌, 굉장히 외롭고 뭔가 변하는 것 같은 느낌이 든다."

날카로운데, 하고 나는 생각했다. 그렇게 얘기하는 동안에도 전화 저편에서는 시끄러운 대합창. 그녀는 "시끄러!" 하고 소리를 지르고, 또 둘이 번갈아 전화를 받고, "늦게 전화해서 미안……. 그래도 앞으로 두 시간 정도는 떠들어도 괜찮지?"란 농담이 세 번 정도 되풀이되고, 전화가 끊겼다.

조용해진 한밤의 방 안에서 내 외로움은 아주 조금 사라졌다. 가령 한밤중이라도, 전화 걸고 싶을 때 그 마음을 표현할 수 있고 떠들고 싶은 사람과 떠드는, 그런 아무 허물 없는 대화의 자세를 갖춘 사랑하는 사람들과 얘기하는 편이, 한낮에 잘 알지도 못하고 얘기하고 싶지도 않은 사람과 전화로 오 분을 정중하게 얘기하는 것보다 훨씬 덜 피곤하다.

나는 그 시끄러운 천사들에게 고마움을 느꼈다. 외로움에 젖은, 또 그런 자신에게 충격받은 나에게 하느님이 베풀어 준 은혜 같았다.

이렇게 지내다 보면 언젠가는 평평해진 가슴 한가운데를 보아도 마음이 아프지 않으리라. 물고기의 흔적을 보는 일은 없어지리라. 깔끔해졌으니 걱정 안 해도 된다고 여기게 되리라. 그러나 다만 오늘 밤은 몹시 외롭다. 여행길의

동무였던 물고기는 이제 없다. 오늘 아침까지 한 몸이었는데 두 번 다시 만날 수 없다. 좋은 아이였나 봐, 지금까지 고마웠어, 느닷없이 레이저로 태워서 미안해, 하지만 안녕, 하고 생각하면서 나는 애인이 쿨쿨 잠든 따스한 침대로 파고들었다.

미라

 이십 대를 맞기 직전의 여자들은 대개가 건방지기 짝이 없어서 자기의 작은 머릿속에 온 세상이 다 들어 있는 줄로 착각하는데, 나 역시 그랬다. 그리고 대부분 별 이유도 없이 짜증 내고 초조해한다. 아마도 호르몬의 문제이리라. 그런데 때로 그 호르몬의 불균형이 비정상적으로 예민한 감각을 낳곤 한다. 그것은 하늘에 걸린 무지개처럼 아주 짧은 기간의 빛남이다. 그리고 간혹은 그 냄새를 맡을 수 있는 존재가 있다.

 약학부에 다녔던 나는, 겨우 6월인데 대학 생활이 따분했다. 답답한 기분으로 걸었던 그 저녁, 학교에서 돌아오는 길에 공원을 지나면서 나는 하늘 높이 엷게 빛나는 무지개를 보았다. 그리고 한동안은 이렇게 하늘도 못 올려다

보겠지, 하고 뜬금없이 생각했다.

예감은 들어맞았다. 나는 그날 공원에서 같은 동네에 사는 얼굴을 아는 청년과 마주쳤고, 그리고 유괴를 당하듯 끌려가 한동안 집에 돌아가지 못했다.

나는 그 다지마란 청년이 대학원생이라는 것과 유적 발굴을 거드는 아르바이트 때문에 일 년에 절반은 이집트에 가 있다는 것밖에 몰랐다. 보기 좋게 탄 얼굴에 안경을 쓴 단아한 청년으로, 그럭저럭 인기 있는 가정교사 오빠 타입이었다. 오래전부터 눈이 마음에 드는데, 하고 생각하고 있어서 길에서 만나면 꼭 인사를 했다.

"안녕하세요."

나는 천진한 목소리로 말을 걸면서 가볍게 고개를 숙였다. 그는 살며시 웃고는 지금 논문 쓰다가 바람 쐬러 나왔어, 라고 말했다.

"지난달에 여기서 살인 사건 있었지."

그가 말했다.

"위험한데 혼자서 다니면 안 되지. 데려다 줄까?"

당신이야말로 위험인물이 아니란 보장이 어디 있는데, 하고 생각했지만 말은 하지 않았다.

"범인이 아직 안 잡혔나요?"

"응, 우리 학교에도 조사하러 왔더라고. 우리는 늦게까지 연구실에 남아 있으니까. 사람을 토막 낼 수 있는 도구도 있고."

"토막 났어요? 죽은 사람."

"그런가 봐. 목만 발견되지 않았대."

"목……."

앞으로 일어날 일에 대한 거의 모든 정보는 실은 사전에 미리 알려지는 법이다. 그때 내가 목에다 손을 댔을 때 그가 보인 눈빛에서, 사실 나는 몇 시간 후의 내 운명을 이미 감지하고 있었다.

그러나 저녁 어둠이 밀려오는 공원에서, 그가 살인범과 아는 사이일 수도 있다고 안이하게 생각해 버린 나는 어둠 속에 숨어 있을지도 모르는 살인범에게 순간적으로 겁을 먹었지만, 나름대로는 이성적으로 판단하느라고 했다 나는 그를 선택하고 그와 나란히 걸었다. 인간에게는 발정기가 따로 없다, 일 년 내내 순간적으로 욕정을 품을 수 있다는 것도 따라간 이유의 하나였다. 아마도 나는 그 눈빛에서 나를 끌어들이는 무언가를 느낀 것이리라. 만약 내가 야생 동물이었다면 일찌감치 도망쳤을 것이다. 생명의 위기를 감지하고. 그러나 그저 둔감한 인간이고 여자인 나는 발정을 받아들이기로 했다. 도망칠 기회는 그 순간뿐이

몸은 모든 것을 알고 있다

었는데.

그러나 때는 늦었다. 그때 우리는 이미, 어두운 나무 그림자보다 더 어두운 둘만의 세계를 향해 추락하는 중이었다.

집 근처에서 그가 갑자기 말했다.
"우리 그냥 이렇게 헤어지면 안 될 것 같아."
눈빛이 진지했다. 나는 말했다.
"다시 만날 약속을 하자, 뭐 그런 뜻인가요?"
그는 전혀 내가 좋아하는 타입이 아니었다. 얘기도 잘 안 통하고 관심사도 달랐다. 다만 나란히 걸을 때 무언가에 감싸이는 듯한 느낌…… 그뿐이었다, 관심 가는 점은. 둘이서 역 앞 어느 찻집에서 만나는 광경 따위는 전혀 떠오르지 않았다. 나는 실없는 일 같아 그만 돌아서려 했다.
"잠깐만, 보여 주고 싶은 게 있어."
그는 그렇게 말하고, 인적 없는 저녁의 골목길에서 나를 꼭 껴안았다. 해묵은 스웨터처럼 메마른 냄새가 났다. 따라가지 않으면 결국 쫓아다니면서 나를 죽이리라, 어느 쪽이든 길어진다, 빨리 끝내자. 나는 그렇게 생각했다. 아니, 어쩌면 단순히 따라가고 싶었는지도 모른다. 그때 나는 어떻게든 그와 몸의 일부를 맞대고 싶었다. 정열이 전해졌다. 그 정열은 지금까지 느껴 본 적 없는 기분 나쁜 열기였지만, 그 안에는 나의 혼에 절규하는 것이 있었다.

그의 방은 창고처럼 넓었다. 실제로 주인집 창고를 개조한 방이라고 한다. 천장이 높고, 사다리 위에 다락방이 있었다. 나는 그 안에 오도카니 앉았다. 그가 커피를 끓였다. 창문에 어리는 김을 물끄러미 바라보았다. 방 안 여기저기에 살별한 장식품들이 놓여 있었다. 고대 이집트의 무덤에서 꺼내 온 듯한 것들……. 항아리, 화살 같은 것, 악어 머리 조각, 토기 조각 같은 것.

"보여 주고 싶은 게 뭔데요?"

나는 말했다. 어차피 서로가 '하는' 생각밖에 없을 텐데 쓸데없는 질문, 이라고 생각했지만.

"나중에 보여 주지."

마치 내 속마음을 들여다본 듯이, 그는 나를 다다미 위에 쓰러뜨렸다.

나는 그의 몸매도, 할 때의 표정도, 비디오를 보며 연구한 듯 집요한 섹스 스타일도 전혀 마음에 들지 않았다. 그의 욕망은 삽입도 아니고 다른 무엇도 아니고 오로지 보는 것이 전부였고, 나를 즐겁게 해 주려는 생각은 별로 없는 것 같았다. 너무 집요해 나도 모르게 몇 번이나 절정에 올랐지만, 그것은 그냥 보통 섹스에서의 평범한 기분 좋음이 아니라 어딘가 뒤틀린 환희였다. 그러나 뭐라 표현하면 좋을까.

그 유난히 가는 팔도, 울룩불룩 튀어나온 등뼈도, 부숭부숭한 털도, 안경을 벗으니까 유난히 긴 속눈썹도, 햇볕에 까맣게 탄 피부도 싫다고 외면할수록 좋았다. 아무 말이 없는 것도 나를 매혹시켰다.

그것은 어린 시절 바다에 놀러 가서, 파도치는 해변에서 뒹굴 때의 감각과 비슷했다. 물을 머금은 부드러운 모래가 몸 아래서 흔들리는 느낌. 그 감촉이 황홀하도록 기분 좋아서, 수영복 속으로 모래가 찔끔찔끔 들어와 나중에 성가시다는 것을 알면서도, 에이 뭐, 하고 물가에 누워 있었던 때의 그 기분. 몸을 담글 때까지는 혐오스럽지만, 한번 그 부드러운 모래의 힘에 사로잡히면 거기에 있고 싶어진다.

첫 번째가 끝나고 우리는 알몸으로 다락방 사다리를 올랐다. 그는 집에도 연락을 못 하게 하고 밤새 나를 제 마음껏 주물렀다.

나는 어리지만 연애의 기준은 갖고 있었다. 그것은 그 사람이 추잡한 상상 속에서 나를 어떤 식으로 다루든 내가 용납할 수 있느냐 없느냐, 였다. 그게 싫으면 아무리 사이가 좋아도 친구다. 그리고 지금까지는 그런 상상을 허용

할 수 있는 사람하그만 연애를 했다. 용납하그 자시고 할 것도 없이 이렇게 오직 섹스를 위해서만 존재하는 관계는 생각해 본 적도 없었다. 세상에는 아직도 새로운 일이 참 많다고 나는 생각했다. 우리는 아무 말도 않고, 서로 그럴싸한 분위기를 연출하지도 않고, 오로지 계속 하기만 했다. 딱 하나 물어보았다.

"마지막으로 섹스한 게 언젠데요?"

그의 정력에 겁이 나서 한 질문이었다.

"고등학생 때, 딱 한 번."

그가 대답했다. 그래서 그런가, 하고 나는 수긍했다.

시간을 알고 싶어도 시계는 그가 감춰 버렸고, 창문에는 방을 암실로 사용할 때를 위한 검정 커튼이 쳐 있었다. 한 번 잠들었다가 눈을 뜨자 나는 어떻게 되든 무슨 상관이냐 싶은 생각에, 물만 마셨다. 물론 화장실에 갈 때도 프라이버시는 없었다. 묶인 채 싸 버리기도 했다. 부모 형제 앞에서도 할 수 없는 일을 거의 알지도 못하는 타인 앞에서 할 수 있다니, 섹스란 참 불가사의하다. 시간이 흐르면서, 벌써 오래전부터 이렇게 살았던 것 같은 착각마저 들었다.

"보여 주고 싶은 거 있다고 한 말, 거짓말 아니야."

부모가 경찰에 신그하기 전에 집에 전화해야 한다고 열

몸은 모든 것을 알고 있다 77

두 번쯤 내가 말하자, 그는 불쑥 그렇게 말하고는 자료가 반듯하게 진열되어 있는 선반 안쪽에서 길쭉한 상자를 꺼냈다. 뚜껑을 열자, 거기에는 바짝 마른 조그만 고양이 미라가 있었다.

"우와."

"직접 만든 거예요?"

그가 고개를 끄덕였다. 나는 깜짝 놀랐다. 반은 농담으로 한 말이었으니까.

"정말 귀여워하던 고양이었어, 십팔 년을 살았지. 그래서 이집트 미라처럼, 내 손으로 내장을 꺼내고 향긋한 약초로 속을 채워 만든 거야. 어떻게 만들었는지는 얘기가 길어지니까 생략하고, 인내심과 용기가 필요한 작업이었어. 물론 내 손으로 미라를 만들 수 있을지 호기심도 있었지만, 호기심만으로 그렇게 겁나는 짓을 할 수는 없지."

"괴로웠겠네요."

"정말 괴로웠어. 넌 혹시 내가 신나게 만들었다고 생각할지도 모르지만, 정말 외롭고 슬프고 괴로운 작업이었어. 기억하고 싶지 않을 정도로. 내가 죽인 것도 아닌데, 내가 죽인 것이나 다름없는 무거운 기억이 생기고 말았어."

"그랬겠네요."

"하지만 어떻게든 남기고 싶었어, 그 모습을."

"할 줄만 알면 그렇게 하고 싶어 하는 사람 있을 거예요. 박제를 만들거나 털로 스웨터를 짜는 사람하고 같은 마음 아닐까요?"

잠시 짬을 두고 그가 말했다.

"다시는 안 만나 줄 거라는 거 알아. 하지만 딱 하루만 더 같이 있어 주면 안 될까. 지금 집에 전화해도 좋으니까."

"안 돼요."

나는 말했다. 고양이 미라가 깨끗한 헝겊에 싸여 살며시 놓여 있었다. 그의 자상함을, 그의 인격을 봤는데 아까처럼 짐승이 될 수는 없다. 마음으로 정이란 툴순물이 밀려왔다.

어렸을 때부터 내게는 그런 냉정한 면이 있어서 부모에게 종종 꾸중을 듣곤 했다. 예를 들어 백화점에 가서, 손님 접대도 제대로 못하고 눈치가 없어 물건 하나 옳게 권하지 못하는 점원 때문에 엄마가 거기서 아무것도 사지 않고 돌아서면, "저 점원, 벌레만도 못해."라는 말을 뱉어, 그런 소리 하는 거 아니야, 라고 신나게 혼이 나곤 했다. 사람을 깔보기 때문이라고들 했다. 그러나 내게 사람을 깔볼 수 있을 만큼 대단한 점은 하나도 없다. 다만 나는 그때 점원이 정말 그렇게 보였을 뿐이다. 목적도 모르고 상자 속에서 무턱대고 꿈틀거리는 벌레처럼. 이때도 그랬다. 솔직한 기분이었다. 나는 사귈 마음도 없는 사람에게 친절을 베풀고 싶지 않아 떠나려 했던 것이다.

"집에 전화할래요."

내가 가방에서 휴대폰을 꺼내자, 그는 휴대폰을 낚아채 짓밟았다.

"무슨 짓이야!"

소리치며 일어나 문으로 향하는 나를, 그는 걷어차고 넘어뜨려 또 범하려 했다. 나는 견딜 수 없어, 가까이에 있는 길쭉한 조각상을 집어 그의 얼굴에 내리쳤다. 흙으로 빚은 그 조각상이 퍽 하고 깨지면서 그의 얼굴이 피범벅이 됐다.

그것을 보았을 때, 내 안에 잠들어 있던 애정이란 개념이 송두리째 끓는점에 도달했다. 지금까지 사랑한 사람들, 앞으로의 인생에서 사랑할 사람들, 그 사람들과 서로 통하지 못하는 마음, 견딜 수 없음, 애절함, 그 순간 그 모든 것을 나타내는 어떤 것이 나를 가득 채웠다.

"미안해요, 내가 무슨 짓을!"

갑자기 내 눈에서 눈물이 흘러넘치고, 나는 두 팔로 그를 껴안았다.

"괜찮아, 내 잘못이지."

그가 말했다.

나는 그의 상처를 소독하고, 집에다 전화를 걸어 생각할 게 있어서 이삼 일 여행을 다녀오겠다고 말하고는 뚝 끊었다.

그리고 이번에는 한 단계 연애에 가까워진 상태로 그의 다락방 이불 속에 들어갔다.

상처에 부딪히지 않게 조심하면서 서로를 안았다.

하지만 이제 헤어질 때가 머지않았다는 것을 둘 다 알고 있었다.

한밤중에 눈을 떴더니, 가늘게 새어 드는 가로등 빛 속에 그가 깨어 있었다. 그리고 내 드러난 배를 빤히 쳐다보고 있었다. 빤히. 내 속까지 들여다볼 듯이. 나는 생각했다. 나를 미라로 만들고 싶은 것이다……. 이상한 일이지만 무섭지 않았다. 그러고는 또 잠이 들고 말았다.

다시 눈을 떴을 때 이번에는 비가 좍좍 쏟아지는 소리가 들렸다. 비 그치면 갈 거야, 라고 말하자, 그가 고개를 끄덕였다. 얼굴에 난 상처의 피도 딱딱하게 굳어 있었다. 우르릉우르릉 울리는 천둥소리를 들으면서 마지막 시간을 보냈다.

부모에게 얼마나 혼이 났는지는 기억하고 싶지도 않다. 그가 살인범이었다면 얘기가 흥미롭게 끝났을 텐데, 그렇지는 않았다. 살인범은 며칠 후 붙잡혔다. 정신 질환을 앓는 아저씨가 정부를 죽이고 토막 냈던 것이다.

그 후 길에서도 다지마 씨를 만나는 일은 없었다. 외국에서 말라리아에 걸려 귀국한 후 노이로제 증상으로 입원을 했느니 퇴원을 했느니, 그런 소문이 들렸다. 나는 대학을 졸업하고 약사가 되어 집을 떠났다.

그로부터 또 몇 년 후 그는 이집트를 무대로 하는 추리 소설로 데뷔, 유명세를 타면서 잡지에 출몰했다. 이 무슨 뻔한 결말이람, 하고 나는 생각했다. 똑똑하고 고고학을 좋아하고 비정상적인 감각을 갖고 있다 해서 곧이곧대로 그런 직업을 택하다니, 별 대단한 사람은 아니었군, 하고 나는 또 부모에게 혼날 오만한 의견을 품었다.

그는 결혼도 했는지 부인과 함께 찍은 사진 화보도 있었다. 부인의 몸매가, 옷을 입었는데도 금방 알아볼 수 있을 정도로 나와 비슷해서 가슴속이 약간 쓰렸다.

나는 평범하게 연애하며, 애인과 데이트도 하고 얘기도 나누고 멋 부리고 만나고 섹스도 하고, 그렇게 지낸다. 두 번 다시 밤길에서 만난 모르는 사람에게 욕망을 품는 일은 없으리라. 그것은 젊은 시절 과도하게 확대된 감수성이 환상을 현실로 만들어 버린 순간이었다. 세상사는 다양한 각도로 성립되어 있다. 그러나 만약 모든 것을 털어 내고 오직 한 세계만 응시하면 무엇이든 가능해진다. 그 저녁 둘은 우연히 만났고, 나의 비현실적인 내면세계에 그가 똑같은 힘으로 반응하여 화학적인 변화 같은 것이 일어났고, 둘 다 현실과는 다른 위상으로 거기에 뛰어들고 말았다. 서로가 당황할 정도로 강력한 힘이 작용했던 것이리라.

때로 생각한다. 많은 것을 다양하게 품고 있는 지금 이 생활이 절대적으로 옳고 행복한 것일까?

그 밤, 눈을 뜬 채 서로를 껴안고 이불 속에서 들었던 천둥소리의 아름다움. 어쩌면 나는 그 세계에서 그냥 그대로 빠져나올 수 없는 상태였는지도 모른다.

상상한다. 예를 들어 그 고양이처럼 미라가 되어 버린 다른 차원의 나를. 예를 들어 내 숨 막히는 애정에 무너져 머리가 깨어진 채 죽어 버린 그를.

그러나, 그리 나쁜 일인 것 같지는 않았다.

밝은 저녁

 소꿉친구가 갑작스럽게 입원했다는 소식을 듣고 일하다가 틈을 내 병원으로 달려갔다. 큰 방, 그녀 주위의 환자들은 모두 나이 든 사람뿐이었다. 그녀의 높은 목소리가 희미하게, 그러나 아주 두드러지게 들렸다. 그녀는 제일 구석 조그만 침대에 앉아 면회 온 사람들과 얘기하고 있었다. 내가 얼굴을 들이밀자 자리에 있던 사람들이 물러나고, 나는 십몇 년 만에 잠옷 차림의 그녀를 보았다. 묘하지만 반가운 느낌이 들었다. 조금도 변하지 않은 약간 바랜 머리칼, 눈동자의 색, 홀쭉한 몸, 부러질 듯 가는 손목, 가녀린 어깨. 주위에 신경을 쓰며 우리는 소곤소곤 얘기했다.
 "수술을 해 봐야 악성인지 양성인지 알 수 있대."
 그녀가 말했다.

"얼마나 화가 나는지, 처음에는 90퍼센트 악성이니까 수술 날짜를 잡자고 해 놓고서, MRI 찍고 난 다음에는 혹시 양성일지도 모른다는 거야. 의사가 어디가 좀 어떻게 된 거 아닌가 몰라."

그녀의 변함없음에 나는 은밀한 감동을 받았다. 머리가 깨질 정도로 고민했을 테고, 인생이니 죽음이니 삶이니, 그런 것들에 대해서도 물론 많이 생각했으리라. 그런데도 그 병에는 그녀를 바꿀 힘이 전혀 없었다. 그녀는 입원 전날까지 회사에 나갔고 동료들에게도 병에 관한 말은 하지 않았다. '나는 특별하니까 절대 그런 일은 없을 것'이라고 모두가 하는 생각을 그녀도 많이 했을 텐데, 그러나 그런 생각이 자신의 일상을 바꿀 수 있으리라고는 결코 생각지 않는 듯했다. 증상이 발견되었으니, 멀면 안 되니까 가까운 병원에 입원해서 수술받자. 나으면 곧바로 다시 직장으로 돌아갈 터니 지금은 좀 성가시지만 어쩔 수 없지 뭐, 그런 식으로 보였다.

그런 꿋꿋함을 딱히 미화하고 싶지는 않지만, 불길처럼 자기 삶을 살아온 사람의 대단함이 느껴졌다. 아무튼 병든 사람들의 코 고는 소리와 잡음과 냄새로 가득한 오후의 병실에서 그녀는 조금도 기죽지 않았고 초조해하지도 않았다. 자신의 처지에 약간은 겸연쩍어 하면서도, 턱은

똑바로 치켜들고 있었다.

"여기 환자식이 끝내준다니까, 오늘 아침에는 정말 고양이 밥 같은 게 나왔더라고! 비린내가 나서 먹을 수가 있어야지."

그녀는 간호사들이 복도 여기저기 서 있는데도 전혀 아랑곳하지 않고 큰 소리로 그런 말을 하면서 엘리베이터 앞까지 나를 데려다 주었다. 마지막, 웃는 얼굴로 손을 흔드는 그녀의 잠옷 무늬가 닫히는 문 사이로 살짝 보였다.

타인의 도움을 받은 일이 참 많다. 도움을 청한 적도 있다. 하지만 순수하게 아무 의도도 없이, 다음 인생에서 맺게 될 그 사람과의 관계를 전혀 고려하지 않은 채 '누군가에게 도움을 받고 그 도움이 정말 도움이 된 적이 있었나.' 하고 생각할 때면 나는 늘 그녀를 떠올린다.

어쩌다 그런 상황이 벌어졌는지 잘 알지도 못하고 기억도 없다. 중학생 시절 앉은 자리순이었는지 이름순이었는지, 아무튼 뭔지 모를 것에 뽑혀 잘 모르는 다른 반 아이들과 뭔지 모를 자료를 작성했던 적이 있다. 귀찮아서 모임에 세 번 빠졌더니 완전히 따돌림 신세, 더구나 아무 사전 설명도 없이 전혀 모르는 제일 귀찮은 부분을 혼자서 작성하게 되었다.

미안하니까 한 턴쯤 얼굴이나 내밀까, 하고 편한 마음으로 교실을 찾은 나한테 그런 것을 더맡긴 사람의 증오에 찬 태도에, 나는 풀이 죽고 말았다. 만난 적도 없는 사람을 그렇게 미워하다니, 부러울 정도였다. 아마도 전쟁이란 것은 이렇게 많은 사람들이 누군가를 그리고 또 무엇을 '미워하자'고 정하고는, 자기 안에 잠들어 있는 증오란 증오를 전부 끌어내 거기에 쏟아붓고 텃하는, 그런 중독 비슷한 이상한 상태에서 일어나는지도 모르겠다……. 사춘기의 태평한 나는 그런 생각을 했지만, 사실은 마음의 상처가 컸다.

　그런 데다 "그럼 잘 부탁해."라면서 나만 혼자 남겨 두고 심술궂게 다들 교실을 나가 버렸는데, 나는 남은 자료와 자, 펜을 보고서도 뭘 어떻게 하라는 건지 전혀 알 수 없었다. 나는 그 이벤트를 담당하는 선생님에게 물어보려고 교무실에 갔다. 그런데 그 선생님이 또, 성적을 불러 대면서 그 순서대로 학생들을 때리는 자였다. 그 작자는 일부러 내게 '빠진 사람이 잘못이니까 스스로 생각해 보라.'는 식으로 이십오 분 동안이나 연설을 늘어놓았다. 비록 중학생이지만 하기 싫은 일을 시키고는, 달리 하고 싶은 일이 있어서 안 한 것뿐인데, 이런 꼴을 당하게 하는 세상이 견딜 수 없어서 나는 분하고 서러운 눈물이 북받

쳤다. 내 눈물을 보자 그제야 선생님은 거드름을 피우며 구체적으로 뭘 해야 하는지 가르쳐 주었다. 빠졌다고 벌을 준다는 발상이나, 그것을 실행하는 아이들이나, 그것을 보면서 벌을 주는 쪽에 가담하는 어른이나, 쓰레기라고 생각했다. '알면 처음부터 가르쳐 줄 것이지! 나도 바쁜 사람이라고!'라고 외치고 싶은 것을 억지로 참아, 겨우겨우 교무실에서 난동을 부린 여학생이란 기록을 남기지 않았다. 이 상황이 더 길어지면 지겨울 것 같았다. 화가 나서 눈앞이 캄캄한 데다, 나는 더욱 깊은 상처를 입었다.

해야 할 일을 듣고 혼자서 교실로 돌아왔다. 아무도 없는 교실에 불빛만 휘황했다. 원래는 대여섯 명이서 해야 할 작업을 혼자서, 더구나 할 마음도 없는 내가 하고 있으니 진척이 없었다.

지는 해가 반짝반짝 비치는 교실에서 나는 점점 진해지는 슬픔을 삼키면서 억지로 손을 움직이고 있었다. 선을 긋고 그래프를 그리고, 정말 바보 같았다.

그때 드르륵 교실 문이 열렸다. 그녀가 들어왔다.

"어쩐 일이야?"

그렇게 묻는 내 목소리가 눈물에 젖어 있었다. 무슨 일인지는 몰라도 친구가 왔다는 기쁨 때문이라기보다는, 오랜만에 아름다운 것을 본 순수한 감동에서였다.

빈정거림으로 일그러지지 않은 입가, 제멋대로 날뛰는 인생에 대한 질투로 얼룩지지 않은 사람의 모습. 경쾌하게 교실로 들어온 그녀는 그때 정말 아름다웠다. 교복이 커 보일 정도로 가녀린 몸의 활달하고 흐르는 듯한 놀림, 막대기 같은 팔의 매력, 정직한 갈색 커다란 눈도 퍼뜩 정신이 들 만큼 예뻤다.

"도서관에서 뭐 좀 조사하다가, 혹시 아직 있나 해서."

그녀는 낮고 투명한 목소리로 그렇게 말했다.

"왜 혼자서 하고 있는데?"

설명하려다 나도 모르게 눈물을 머금고 말았다.

"도와줄게."

그녀는 그렇게 말하고 당장에 거들기 시작했다.

나라면 무슨 일이 있었는지 캐물어 상대를 더 울게 만들었으리라. 같이 화내고 울고, 상대를 더 비참하게 만들었으리라. 그러나 그녀는 아무것도 묻지 않고 그저 손을 움직이기 시작했다.

지금 생각하니, 그 태도와 자기 병을 알았을 때 그녀가 보여 준 꿋꿋함은 같은 성질의 것이었다. 필요 이상의 것은 하지 않으나, 도망치지 않으며 다른 온갖 빌미로 얼버무리지도 않는다. 나는 그 성격과 그 강함 또 약함까지 포함해서 한마디로 이렇게 표현할 수 있으리라 생각한다. 그녀는, 고결한 사람이라고.

저녁 해가, 새하얀 종이에 자를 대고 묵묵히 선을 긋는 그녀의 갈색 머리칼에 비쳐 금빛이었다. 그 가느다란 손가락도 오렌지 빛으로 물들어 있었다. 새어 드는 빛으로 온 교실이 마치 대낮처럼 밝고 따뜻했다.

어두워 돌아가는 길에 나는 몇 번이나 고맙다고 말했다. 그때마다 그녀는 "너 되게 집요하다, 난 별로 한 거 없어!"라며 화를 내고는 웃었다.

면회를 하고 돌아오는 길에 우연히 또 한 소꿉친구를 만났다. 그녀를 면회하고 오는 길이라고 하자 사실은 나도 어제 얼굴만 슬쩍 보고 왔어, 라고 말했다.

그 친구는 다섯 살 때부터 내가 고등학교에 진학하고 우리 집이 이사 갈 때까지 내내 우리 바로 옆집에 살았다. 지금은 결혼해서 아이를 낳을 때가 되어 친정에 내려와 있단다. 정말 당장이라도 낳을 듯 배가 커다란 풍선만 했다.

데려다 줄게, 라고 나는 말하고, 둘이서 한겨울 해 지는 길을 천천히 걸었다. 다섯 살 때 걸었던 이 좁은 골목길을 다섯 살 때와 똑같은 사람과 걷자니 이상한 느낌이 들었다. 게다가 그 뱃속에는 아직 나이 없는 아이가 이 세상에 나오기 위해 자라고 있다니.

커서는 걸어 본 적 없는 작은 뒷골목 길은 좁고 벽도 낮아 마치 모형 속을 걷는 듯했다. 하늘은 분홍과 오렌지의 중간색, 구름이 토막토막 예쁘게 물들어 있었다.

입원 중인 그녀가 내일 수술을 받는다는 얘기로 화제가 절로 흘러, 우린 말수가 적어졌다. 우리 둘에게는 '여느 때와 다름없는' 길인데 이렇게 묘한 상황에서 나란히 걷게 되다니, 불가사의한 일이었다. 한쪽은 고향을 멀리 떠난 곳에서 직장을 갖고 한쪽은 뱃속에 아이가 있고, 하지만 옛날과 똑같은 말투로 드문드문 나누는 얘기는 같은 친구의 목숨이 달린 병. 아무것도 변하지 않았는데. 그러나 모든 것이 조금씩 뒤틀려 있는 듯한 기분이었다.

어릴 적에 우리는 이 좁은 동네를 구석구석 돌아다녔다. 아무리 사소한 변화도 놓치지 않았다. 저 집 담벼락에는 넝쿨 같은 것이 있는데 그 하얀 꽃에서는 지독한 냄새가 나고, 살짝 깨져 나간 돌계단 끝에는 클로버가 피어 있고, 이런 식으로. 온 동네 조그만 공터마다 우리가 그곳을 알고 있다는 증거로 조그만 보물을 묻고 그 지도를 만들었고, 담을 넘어 남의 집 마당을 몇 군데나 지나면서 우리들만의 통로를 만들었다.

그리고 언젠가는 둘이서 멀리까지 갔다가 넓은 공터를 발견하기도 했다. 철거된 건물의 흔적까지 남김 없이 정리

된 공터에는 온통 잡초가 무성하고 자잘한 꽃들이 잔뜩 피어 있었다. 공터 끝은 벼랑이고 옛날에는 바다였다는 먼 시가지가 내려다보였다. 눈앞에는 아무것도 없고, 바람이 불어와 지금이라도 바다 냄새가 풍길 것 같았다. 잡초를 밟고 꽃을 따고 자갈 더미에 올라 신나게 놀면서, 멀리 보이는 거리가 저녁 어둠에 묻혀 반짝반짝 빛날 때까지 거기에 있었다.

그 자리에 병원이 서고, 먼 훗날 소중한 또 한 소꿉친구가 그 병원에 입원하였으니 그 또한 묘한 일이다.

그때와 똑같은 각도로 거리가, 저녁 햇살로 가득가득 채워진다. 나는 왠지 정신이 아득했다. 나이도 사는 곳도 다 잊은 듯한 느낌이 들었다. 꿈에 나오는 풍경 속을 걷고 있는 것처럼. 그것은 나쁜 꿈도 좋은 꿈도 아니었지만 현실에서는 아주 멀었다. 지금 걷고 있는 이 모형의 세계에서 나만 쑥쑥 거인이 되어, 높디높은 곳에서 우리네 보잘것없는 인생의 이런저런 모든 것을, 옛날부터 지금까지의 모든 것을 바라보고 있는 듯한 착각에 사로잡혔다.

그 광경은 절대 나쁘지 않고, 유난히 밝고 애정으로 가득한 아름다운 감촉이었다.

속내

나는 한숨도 자지 않았다. 잠시 꾸벅꾸벅 졸다가 번뜩 눈뜨기를 몇 번이나 되풀이하는 사이에 날이 밝고 말았다. 최면술에 걸린 사람처럼 멍하게 밝아 오는 하늘을 바라보았다.

자자, 고 생각해도 밝은 오렌지색 커튼 사이로 스미는 부드러운 빛에 방이 눈부셔서 도저히 잘 수 없었다. 창문을 열자 살을 에는 겨울바람이 휘익 들어와, 잠들지 못해 열기 고인 방에 새로운 하루를 불러들이고 말았다. 결국 나는 잠을 포기하고 일어났다. 커피를 마시고, 나른한 몸과 맑은 머리의 불균형을 함께 음미했다.

그 편지는 테이블 위에 놓여 있었다.

몇 번을 읽어도 같은 내용이었다. 언젠가 이런 날이 오리라는 것은 알고 있었지만 지금일 줄은 몰랐다, 고 다들 흔히 하는 생각을 또 했다. 그리고 어제부터 밤새 몇만 번은 중얼거렸을 그 말을 중얼거렸다.

"참 내, 십 년이라고, 어떻게 해."

나는 어떻게 해야 할까. 소심하고, 복잡한 일이 생기면 홀쩍홀쩍 울다가 싱글싱글 웃으면서 슬쩍 피해 버리는 이 나는.

안녕하세요.

댁이 다니는 그래픽 디자인 회사의 선배 중에 나카모토 씨란 사람이 있을 거예요. 그 사람의 여동생이 내 친구인데, 얘기를 하다가 우연히 댁을 알았습니다. 나이가 아직 젊어 깜짝 놀랐고, 남편과 사귄 시간이 긴 것에도 놀랐습니다. 어떻게 하면 좋을지 지금 열심히 생각하고 있는데, 일단은 이 상황을 알려야 할 것 같아서 씁니다. 그렇게 오래 사귀었으니 갑자기 헤어지기도 어려울 테고, 우리 부부 역시 나름대로 잘 지내고 있어서 솔직하게 말하면 헤어질 분위기는 아닙니다. 댁은 아마도 마음씨가 아주 고운 사람이겠죠. 만나 본 적은 없지만 그런 느낌이 듭니다. 댁도 잘 생각해 보세요. 모두 같이 화도 내고 울기도 하고 고민도 하고 그러다 다시 냉정해지고, 그렇게 시간을 두고 생각해 보기로 해요.

나미가 노부코

　나무라는 것도 아니고 악의도 그리 없고, 그저 어이없어 하는 모습이 전해지는 편지였다. 서로가 어이없어 아연한데 서로를 도울 수 없다니 정말 서글픈 일이었다. 그리고 깊디깊은 체념의 마음. 그녀의 마음속에서 오랜 세월을 두고 조금씩 조금씩 쌓인 체념의 성이, 이미 우뚝 서 있어 무너질 리 없다는 인상을 받았다.

　어쩌지, 나는 멍한 눈으로 창밖 하늘을 보면서 생각했다. 그에게서는 아무 연락이 없다. 내가 걸어 보았지만 주말에는 휴대폰이 꺼져 있다. 아마도 그는 이 편지 건을 모르고 있으리라.

　나는 이 연애에 대해서 아무에게도 말하지 않았다. 친구에게도 부모 형제에게도. 좋아하는 사람은 있는데 가끔씩만 만나니까, 하고 말하면 내 무덤덤한 성격을 아는 사람들은 모두 어어 그래, 하고 납득해 주었다. 실은 나, 무덤덤하지 않다. 굉장히 뜨겁다. 그저 단순히, 지금까지는 줄곧 충족되어 있었을 뿐이다.

　언젠가는 찾아올 나쁜 운명이 어쩌다 지금 찾아왔다는 생각밖에 들지 않았다. 지난달 그 나카모토 씨란 사람과 술을 마시다가 다소 얘기가 심각해졌다. 처녀를 언제 잃었는가, 그런 얘기였다. 내가 중학교 1학년 때, 라고 하자 그녀는 와 빠르다! 하며 놀랐다. 그리고 그 사람하고 지금도 사귀고 있어, 첫사랑이었으니까, 하고 취한 내가 말하자 그녀는 더더욱 놀랐다. 나는 그녀의 놀란 표정을 아주 좋아했다. 눈을 동그랗게 뜨고 갖고 있던 것을 떨어뜨리기도 하고, 미간에 주름을 모으고는 몹시 궁금해하는 표정을 짓는다. 나는 재미있어서, 약간의 과장까지 섞어 나와 나미다 씨 얘기를 했다. 그런데 일이 이렇게 될 줄이야, 인연이란 참 알 수 없는 것이다.

집 안에 있자니, 그 편지에서 무슨 냄새가 풍기는 기분이었다. 꽃 내음처럼 달콤하고 짙은 향기가 나는 것 같았다. 진다, 이 강렬함에는 질 수밖에 없다. 나는 그렇게 있는 힘을 다해 매달리지 못한다. 그저 하루하루가 즐거워서 바꾸고 싶지 않은 정도인데, 그렇게 밀고 들어오지 마, 하고 생각했다. 아니면 잃고 싶지 않아서 지금이라도 내게 강한 집념이 싹틀 것인가? 너무너무 좋아하니까 결혼하고 싶다, 하고 생각하게 될까.

나는 코트를 입고 가방을 휙 들고 밖으로 나갔다. 상쾌한 오후의 햇살이 넘쳐흘렀다. 겨울 공기는 깨끗했고 하늘은 파르스름하고 높게 보였다. 사람 하나 없는 주택가는 시간이 멈춘 듯 고요했다. 희미하게, 집집의 창문에서 오후의 여유로운 목소리가 새어 나왔다. 빛이 엷게 내 그림자를 만들었고, 구름은 달콤한 색깔이었다. 나는 실눈을 뜨고 그 아름다운 광경 속을 무작정 걸었다.

뿌연 의식으로 사람들이 많이 모이는 곳을 향했다. 이 길 안쪽에 있는 고급 백화점 지하에 요즘 새로 생긴 조그만 찻집에 가서 그 특별한 홍차를 마시자. 꽃향기가 나는 홍차. 그러면 기분만이라도 그 편지에 휘말리지 않을 수 있다. 마법의 처방, 이라고 생각하며 걸었다. 토요일 오후, 끔찍하게 사람이 많았다. 모두들 상가 거리를 각양각색의 속도와 몸짓으로 걷고 있었다. 연인들. 기다리는 여자, 아저씨, 아줌마, 할아버지, 할머니. 활기에 넘쳤다. 잠을 못 자 머리가 어질어질한 데다 걷기도 많이 걸어, 모든 화면이 음화(陰畵)처럼 보였다. 가전제품 가게에서 손님을 부르는 소리, 노래방의 알록달록한 전구, 전통 차 가게 앞 가판대에서 파는 소프트 아이스크림, 김치 가게. 관광객도 있다. 대형 백화점 앞은 기다리는 사람들로 북적거렸다. 큼직한 쇼윈도에는 외국 브랜드의 로고. 이 아시아의 동네잔치 같은 북적거림에는 어울리지 않는다. 그런데도 저마다 다른 사람들의 행동에 그 풍경이 행복하게 보였다. 다들 살아 있네, 하고 나는 평소에는 하지 않는 생각을 했다. 모두들 살아서, 이 토요일 저녁나절의 금빛 햇살 속으로 어슬렁어슬렁 걸어 나오고 있다. 동물이 들판에서 노닐듯이, 집에 얌전히 있을 수가 없어서 사람들의 흐름 속을 걸어 다니고 있다.

나 역시 그런 사람들 중 하나, 어디에서 와 어디로 가는 것일까.

저 앞 조그만 네거리에서 교통사고라도 나서 죽고 싶었다. 앞으로 일어날 일이 너무도 성가시다. 나는 뭘 하고 싶었던 것일까. 그저 매일을 살았을 뿐이다. 매주 금요일에 하는 데이트만이 내 즐거움이었다. 시시껄렁한 인생이다. 연애니 섹스니, 내게는 아주 소중한 것이지만 어쨌든 인생의 일부분에 지나지 않았다. 그러나 없어지면 얘기는 달라진다. 평화로웠던 엊그제까지의 시간으로 돌아가고 싶었다. 나는 어떻게 대처할 것인가? 다음 주에도 여전히 그를 만날 것인가. 없었던 일로 할 것인가. 그것도 가능한 일이다.

그러나 이 거리의 건전한 활기가, 시끌벅적한 소리와 함께 하염없이 흘러가는 갈 곳 있는 사람들의 밝은 얼굴이, 나를 압도했다.

즐거웠어, 많은 일이 있었지, 하고 나는 정말 슬퍼진다. 그는 중학생인 내게 매일 전화를 걸어 주었지 아마. 눈 오는 날 그가 죽은 엄마의 사진을 보여 주었다. 딱 한 장의 사진. 병원에 면회 갔다가 찍은 사진이었다. 사진에는 중학생인 앳된 얼굴의 그와 나를 꼭 닮은 그의 어머니가 박혀 있었다. 그 눈 내리는 날 저 백화점 입구에서 만나, 지금은 이미 없는 어두운 찻집에서 뜨겁고 달짝지근한 차이(Chai)를 마시면서 그는 그 사진을 보여 주었다. 창밖은 상가 거리. 사람들이 강물처럼 흐르고 있었다. 코트를 입고 장갑을 끼고 꽃처럼. 눈이 내릴 듯 구름 낀 하늘이었다.

나는 그가 나를 좋아하는 이유가 마음에 들어, 그날 같이 자고 말았다. 눈이 와서, 마지막 전철도 못 타면 어떻게 하죠, 하고 말하는 내게 그는 차에 체인을 감아서라도 데려다 줄게, 라고 말했다.

그러고부터 차분한 만남이 계속되었다. 언젠가는 끝날 테지, 하고 생각은 하고 있었지만 갑작스러웠다. 그 손을 더 이상 만질 수 없고 그 목소리도 더 이상 들을 수 없다. 그 애무의 순서로 절정에 달하는 일도 이제는 없다. 둘이서 만들었는데. 만나서 밥을 먹기까지 들르는 가게의 패턴을 다른 사람과 더듬는 일도 이제는 없으리라. 오늘은 소고기 카레, 오늘은 오므라이스, 오늘은 크로켓. 우리 둘은 양식만 먹었다. 한창 성장기였던 나는 호텔비가 꽤 드니까 밥은 싼 것으로 먹자고 제안했다. 우동을 좋아하는 그와 가끔은 우동도 먹었다. 그리고 한잔 마시러 가는 일도 있었다. 내가 도시락을 싸 가기도 했다. 문어 소시지를 담은 귀여운 도시락이었다. 만나면 다른 일은 전부 잊어버려서, 일상적인 얘기는 거의 하지 않았다. 맛있다, 맛없다, 그리고 인생관. 싸우지를 않았으니, 화난 얼굴을 보지 못한 것만 아쉽다. 늘, 죽은 엄마에게 다 하지 못한 효도를 대신 하는 것인가? 하는 생각이 들 만큼 친절했다. 멀리서는 피곤하고 불쾌해 보이던 얼굴도, 내가 달려가면 환히 웃는 얼굴이 되었다.

좋은 기억만 떠올리면서 눈앞이 캄캄해졌을 즈음 그 빌딩에 도착했다. 에스컬레이터에서 내리자, 그 새 찻집이 노란 조명 탓에 유난히 반짝반짝 동화 속 세계처럼 보였다. 아니면, 강렬한 컴퓨터 그래픽같이 색깔이 너무나 선명해 보였다. 입구에 예쁜 색깔 과일로 촘촘히 장식한 타르트가 있었다. 블루베리, 라즈베리, 스트로베리가 마치 모조품 같았다. 조그만 구석 자리에서 나는 타르트와 꽃향기 나는 차를 주문했다. 실내는 복잡하고, 밝은 조명 아래 사람들의 옷차림 역시 지나치게 알록달록해 보였다. 눈에 비치는 다양한 색채가 지금의 내게는 너무도 갑작스럽다. 온몸으로 퍼져 나가는 타르트의 달콤함을, 차의 뜨거움을 느꼈다. 그랬군, 하고 깨달았다. 나는 요즘 거의 밥도 먹지 않고 내내 멍한 머리로 지냈다. 세상이 이상하게 보였던 이유를 알았다. 배가 고픈 탓이었다.

눈을 꼭 감고 그 느낌을 음미했다.

그랬더니 자신의 저 깊은 곳에서 꿈틀거리는 생명력이 느껴졌다. 위 속의 피가 움직여 몸 구석구석으로 에너지를 보낸다.

아주 잠시, 꾸벅꾸벅 졸았다.

나는 그 짧은 잠 속에서 꿈 같은 것을 꾸었다.

어떤 사람과 함께 방에 있었다. 상대가 누구인지는 알 수 없었다. 다만 남자였다. 서로 제정신이 아니었고 참, 처음 보는 사람이었다. 어떻게 하면 다시 만날 수 있는지, 서로 온 힘을 다해 그 얘기를 나눴다. 얼굴은 잘 보이지 않았다. 그저 시간이 없어, 나는 유치원생처럼 발을 동동 구르며 울음이라도 터뜨릴 듯이 애를 태웠다. 주소, 주소! 하고 말하고 명함을 건네고 그 손을 뿌리쳤다. 신데렐라처럼.

장면이 바뀌어 나는 회사에 있었다. 그리고 그 사람에게서 정말 연락이 올까? 하고 생각하고 있는데, 퀵 서비스가 왔다. 그 사람이 보낸 것이었다. 열어 보니 편지도 아무것도 없고 달랑 공책 한 권이 들어 있었다. 두꺼운 표지에 길쭉한 공책이었다. 펼쳐 보니 그것은 그의 스크랩북, 일기 같은 것이었다. 그의 필적은 전혀 없고, 이미 본 영화 티켓, 들렀던 장소의 카드, 신문에서 오려 낸 관심 있는 기사가 꼼꼼하게 붙어 있었다. 와, 멕시코에 관심이 있었어, 아니, 돈이 붙어 있는 걸 보면 최근에 실제로 다녀온 모양인데. 장기 이식에 관한 기사도 있고 잡지에서 오려 낸 듯한 예쁜 여자 사진도 있었다. 이런 것까지 봐도 괜찮은 걸까? 여자한테 받은 엽서도 있었다. 그래, 어쩌면 부인이 있는 사람인지도 모른다, 아아, 불륜은 이제 싫은데, 하고 생각하는데, 마지막 페이지에서 마구 흘려 쓴 글자를 발견했다. 거기에는 지난 사흘 동안의 일과가 빠짐없이 기록되어 있었다. 일어나서 잘 때까지 간 장소, 가게, 만난 사람, 귀가 시간, 잔 시간 등이 아무런 감정 묘사 없이, 전부 서둘러 쓴 글씨로 적혀 있었다. 독신이야, 틀림없어, 하고 생각한 나는 눈물이 흐르도록 안심했다. 그는 나와 헤어지자마자 공책에 이 부분을 덧붙여 곧바로 보낸 것이리라.

거기에는, 나를 만나 무슨 수를 써서든 놓치지 않겠다, 인연을 붙잡아 두기 위해서라면 뭐든지 하겠다, 내 모든 일정을 열어 놓고 연락을 기다리겠다, 는 의지가 담겨 있었다. 결혼은 하지 않았고 감출 일도 없다, 그런 뜻을 말이 아닌 말로 표현하고 있었다. 어떻게 하지, 아아 다행이야, 연락하자……. 언제 연락해도 상관없다, 이 사람에게는.

거기에서 눈이 반짝 떠졌다. 왜 그런 꿈을 꿨는지 알 수 없었다. 다만 인상과 감정만은 강렬하게 남았다.

나는 부끄러워서, 그냥 눈을 꼭 감고 있는 척했다.
하지만 모두들 자기 세계가 있고 말쑥한 웨이터와 웨이트리스들도 활기차게 일하며 담소하고 있어, 나 역시 완전히 풍경의 일부였다. 주위 사람들은 모두 귀여운 얼굴과 몸짓으로 두서없는 귀여운 얘기를 하면서 웃고 있었다.
졸음이 싹 가셨다.
그리고 정신 면에서도 왠지 눈이 번쩍 뜨인 듯한 느낌이 들었다. 오래도록 꾸었던 나쁜 꿈에서 퍼뜩 깨어난 것 같았다.
그랬나, 나는, 사실은 상심하고 있던 건가. 그에게 연락할 수 없고, 가족하고 무슨 계획이 있는지 절대 물어볼 수 없고. 옆집에 도둑이 들어 무서워서 잠들지 못했던 일요일 밤에도 전화 걸 수 없었던 것하며.
지금 꿈속에서 가공의 새 연애를 경험하면서, 그렇다는 것을 확실하게 알았다.
무엇보다, 신선하고 기분 좋은 새로운 사랑의 내음이 났다……. 지금 마시는 이 차처럼 달콤하게 예감이 피어올랐다. 현실이 어떻게 되든 그런 것은 이제 아무 상관 없었

몸은 모든 것을 알고 있다

다. 그 꿈을 꾸고 나니, 영문 모를 일이지만 새 기운이 내 생명력을 강하게 부채질했다. 새로운 바람, 새로운 시점, 내게 필요한 것들의 에센스가 전부 지금 순간적으로 꾼 이상한 꿈속에 들어 있었다.

나는 새로운 사랑을 하고 싶은 것이다. 그것도 혼자 사는 사람과 하고 싶은 것이다.

그것을 안 것만으로도 정말 다행이었다.

나는 새로운 사랑을 할 것인가? 아니면 나미다 씨와의 관계를 썩어 문드러지도록 계속할 것인가? 어느 쪽이든 좋았다. 지독하게 나쁜 여자가 될 수도 있고 눈처럼 홀연히 사라질 수도 있을 것 같았다.

자기 내면 깊숙한 곳에 웅크리고 있는 기분을 아는 것이야말로 정말 중요한 일, 이라고 생각하면서 나는 타르트에 얹혀 있는 과일을 입에 넣었다. 새콤하게, 살아 있는 것에서만 느낄 수 있는 짙은 맛이 났다.

꽃과 비바람과

행복이란 말을 들으면 늘 떠오르는 광경이 있다.

저 멀리 맑게 갠 하늘 아래, 여행 중인 우리 다섯 명이 묵고 있는 호텔이 보인다. 우리 방 발코니도 보인다. 뒤돌면 지금까지 돌아보았던 신전의 거대한 기둥이 저 먼 언덕에 우뚝 서 있다.

바람이 세고 온몸이 먼지투성이라서, 이제 호텔로 돌아가 샤워라도 하고, 밤이 오면 또 모두 함께 거리로 나가 조그만 레스토랑에서 맛있는 포도주를 마시면서 느긋하게 식사를 할, 그런 시간이었다.

서쪽으로 살짝 기운 오후의 햇살은 금빛을 띠고, 나와 얘기도 하고 사진도 찍으면서 걷는 친구들 앞에는 한 커플이 있다. 남자 친구와 그의 애인. 둘은 얘기하면서 우리보다 한발 앞서 천천히 걷고 있다.

그 오솔길에는 꽃이 흐드러지게 피어 있었다. 거의 노란 꽃인데 간혹 분홍색과 하얀색 꽃이 섞여 있다. 휘어진 올리브 가지에는 예쁘게 마른 초록색 잎이 무성했다. 빛을 받은 식물들은 하늘을 향해 생기발랄한 원래의 색을 뽐내고 있었다.

사랑하는 친구들의 모습이 키 큰 꽃들에 에워싸여 때로 보이지 않다가, 다시 그 예쁜 색채 속에 나타나곤 했다.

나는 여기가 천국이 아닐까? 하고 눈부신 빛과 넘치는 다양한 색채 속에서 생각했다.

시칠리아, 도둑이 얼마나 많은 줄 알아, 제일 너저분한 옷 입고 가, 가방은 들지 말고 편의점 비닐 주머니 같은 거 있지, 그거면 충분해, 아니지, 그것도 까딱하면 도둑맞을 수 있어. 그런 식으로 잔뜩 협박당한 나는 힐긋힐긋 사방을 살피면서 시칠리아행 비행기를 탔고, 공항에 내리자마자 가방을 어깨에 가로질러 메고는 반지를 뺐다.

그런데 뭔가가 달랐다.

지금까지 있던 로마에 비해, 그곳은 활짝 열려 있고 따뜻했다. 부드러우면서도 강렬한 빛이 소름 끼치도록 파란 하늘에서 쏟아져 내렸다. 멀리 보이는 산은 오렌지색 햇빛을 받아 한번도 본 적 없는 미묘하고 달콤한 색깔로 빛났다. 도로는 갑작스럽게 정체를 빚었고, 모두들 클랙슨을 누르면서 집으로 들어가는 길을 서둘렀다. 하지만 뭔가가 아주 달콤했다. 대지에서는 행복이 배어 나왔고 공기에는 힘이 있었다. 거기 사는 사람들이 그 장소를 사랑하고, 장소 역시 사람들을 사랑하는 곳 특유의 거대한 밀월의 분위기가 물씬물씬 풍겼다.

도둑은 없었고, 하늘은 내내 한없이 파랬다. 밤이 되어도 하늘은 밝았고 지금까지 봐 온 수많은 위대한 화가들, 남유럽에 흠뻑 빠졌던 그들이 그려 낸 생명이 깃든 쪽빛을 띠고 있었다. 나도 그 땅을 사랑했다. 저녁때가 되면 하늘의 색도 사람의 마음도 느슨해지고, 자연은 자연대로 그것을 알리는 색과 빛의 쇼를 날마다 웅장하고 호화롭게, 아낌없이 보여 주었다. 부자나 가난뱅이나 노인이나 젊은이나, 모두의 마음이 한결같은 행복으로 거기에 녹아들고, 한 잔의 포도주로 길고 아름다운 밤이 시작되었다. 이 행복한 색채의 세계에 나는 오래도록 머물고 싶었다.

타오르미나는 언덕이 많은 도시, 중심가는 각광객으로 북적거렸다. 어느 날 저녁에 시간을 정해 놓고 각자 쇼핑에 열을 올렸던 우리 일행은 아주 자연스럽게 중심가 제일 구석, 비누와 화장품과 향수를 파는 가게에 집합했다.

그 가게는 엷은 색으로 충만했다. 핑크, 블루, 골드, 꽃과 과일을 넣어 만든 비누, 깍듯하고 친절한 여주인의 라벤더 색 스웨터.

메인 선반에는 옛날과 변함없는 고전적인 디자인의 병으로 유명한 향수가 종류마다 예쁘게 진열되어 있었다. 실은 나는 그 향수들의 향을 도쿄의 유명한 백화점에서 전부 맡아 본 적이 있었다. 물론 아주 예쁜 백화점이고 향기도 모두 좋았다. 하지만 그때는 이곳에서만큼 오감이 살아 있지 않아, 향기의 차이를 그렇게 정확하게 느끼지 못했다.

남자 친구는 향수 두 개를 놓고 어느 쪽을 고를까 고민했다.

그 자리에 있던 모두가, 나는 물론 친구들도 여주인도 그의 애인도 뒤죽박죽 그의 팔에 코를 대고 어느 향이 그에게 어울리는지 심각하게 고민했다. 모두들 한가했다. 그곳에서는 시간이 마치 샘에서 솟는 맑은 물처럼 흐르고 넘쳤다.

"못 정하겠어!"

도쿄에서 똑같은 말을 했다면 불가능했을, 애매하고 느긋한 의미로 모두의 입에서 그 말이 흘러나왔다.

"그럼, 내일까지 생각해 와요."

여주인의 장사꾼답지 않은 코멘트에 우리는 가게에서

나와 식사를 하러 갔다.

다음 날 아침에도 우리는 가게에서 또 망설였고, 여주인은 "그럼 한 바퀴 돌고 와요, 걷다 보면 향기도 변하니까 알 수 있을 거예요."라며 친절하게 우리를 배웅했다.

"이렇게 살고 싶다!"

그는 말했다. 그 여행의 동행 모두가 늘 바쁜 사람들이라, 그 말은 마치 물을 꿀꺽꿀꺽 마신 듯이 모두의 가슴을 적셨다.

"향수 고르느라 고민하고 산책하고, 어느 향수를 살지 겨우 정하고 만족 속에 하루가 끝나는, 이런 생활을 하고 싶다."

바다에서 실컷 놀고 지칠 대로 지친 저녁에야 그의 향수가 결정되었다.

달콤하고 상큼한 그 향은 지금도 내 기억 속에서 신선하게 피어오른다.

그 여행이 끝난 직후 그의 어머니가 돌아가셨다.

옛날에 한번 그의 집에서 어머니가 손수 만들어 주신 음식을 먹은 적이 있다. 어머니는 곧잘 웃고 넉넉하고, 단아한 모습이 새하얀 빛을 발하는 듯한 분이었다.

더 오랜 옛날 처음 그를 만난 것은, 그의 어머니가 첫

심장 발작으로 쓰러진 날 저녁이었다. 나는 처음 만나는 사람이라 제대로 말도 못하고 앞으로 천천히 친해지자고 생각하고 있었는데, 그에게 그 소식이 날아들었다. 그 자리에 있던 사람들 모두 안타까운 마음으로 비행기에 오르는 그를 배웅했다. 그것은 긴 우정의 서곡이었다.

어머니가 돌아가셨을 때, 그가 얼마나 자기 어머니를 사랑하는지 아는 사람들은 그에게 함부로 위로의 말을 건넬 수가 없었다. 그 정도로 그의 애정과 낙심은 깊고 또 신성한 것이었다.

누구든 진정 사랑하는 사람을 잃어 본 적이 있다면 알 수 있는 일이다.

애도의 전화를 걸었을 때 그는 유독 명랑했다.

정말 무언가를 잃으면 사람은 잠시 그렇게 된다. 그리고 일상에 섞여 정말로 외로운 때가 천천히 찾아온다. 그렇다는 것을 잘 알지만 친구는 아무것도 해 줄 수가 없다. 보고 있는 것밖에는.

"실컷 울고 신나게 먹고 푹 자."

나는 그렇게 말했다.

"그리고 시간이 가기를 기다리는 거야."

"그럴게."

그는 대답했다.

"실컷 울고 신나게 먹고 푹 자고 향수도 듬뿍 뿌리죠!"
그리고 우리 둘은, 괴로워도 웃었다.

그다음에 그를 만난 곳은 몹시 추운 토스카나 지방이었다.
또 비슷한 면면끼리 모여 이탈리아를 여행하고 있었다.
어느 밤 폭풍우가 몰아쳤다.
한밤에 투두둑투두둑 하는 소리가 들려 눈을 뜨자, 창밖이 번쩍번쩍 빛나고 커다란 싸락눈이 펄펄 휘날리고 있었다. 횡횡 몰아치는 바람에 기와며 화분이 떨어져 깨졌다. 큰일 났네……. 같은 방 친구와 나는 어쩔 줄을 몰랐다. 불은 안 켜지고 창문으로 물이 줄줄 흘러 들어와 발치가 축축했다.
뒤꿈치를 들고 친구들 방을 찾았더니, 그들 역시 깨어 있었다. 그 상황에서는 잘 수 있는 사람이 없을 정도로 심한 폭풍우였다. 불이 들어오지 않아 촛불을 켜고, 우리는 한방에 모여 어찌할 바를 몰랐다. 어쩌지, 내일 움직이는 거 힘들겠다 이 방도 물이 더 들어오면 있기 힘들지, 어, 난방이 꺼져 있네, 아 추워! 손 난로 줄까? 그런데 우리 좀 들떠 있는 거 아냐……. 이런저런 얘기를 하다가 문득 돌아보았는데, 그가 방 한가운데에 있는 조금 높은 단 위에 오도카니 혼자 앉아 있었다.

　번갯불과 촛불이 희미하게 그를 비추고 있었다. 처음에 나는 거기에 어린 남자애가 앉아 있는 줄로 착각했다.

　그리고 그제야 비로소 정말, 정말 깨달았다.

　저 아이에게는, 이제 엄마가 없다.

　어째서인가, 마음속 깊이 그렇게 생각했다. 눈물이 나올 것 같았다. 하지만 평소 목소리로 그에게 말을 걸었다. 그는 미소를 띠었고 우리는 다시 깊은 밤 소곤소곤 나누는 밝은 대화로 돌아갔다. 몰아치는 바람 소리가 우리를 에워싸고 있었지만 기분은 명랑했다. 이제 자자, 아무튼 잘 수밖에 없잖아, 하며 우리는 웃었다.

　내일 일이야 어떻게든 되겠지 뭐, 라고 얘기하면서.

아빠의 맛

    복도 저쪽에서 다카하시 씨가 걸어온다. 빨간 카디건을 걸치고 있다. 나는 스스로도 믿을 수 없을 만큼 떨려 내미는 손발이 뒤엉킬 뻔한다. 그리고 앞머리를 이마에 딱 붙인 꼴사나운 자신을 비참하게 여긴다. 이마가 참 예쁘다는 후배의 말에 괜히 혹했다고 생각한다. 얼굴이 창백해진다.
    다카하시 씨는 누군지 내가 모르는 사람과 함께다. 그리고 지나가면서 나를 쳐다보지 않는다. 충격이다. 그녀들은 무슨 얘기를 나누느라 정신이 없다. 말이 귀에 들어온다. "복대, 언제부터 하는 거더라?" 눈앞이 캄캄해진 나는 자리로 돌아가 손에 쥔 자료를 책상에 내던진다. 그리고 영업부에 가서 시미즈 씨를 노려본다. 어떻게 된 거야?라고 나는 묻는다. 왜 이렇게 된 거야?라고 을부짖는다.

그러나 그는 시큰둥 무관심하고, 내 눈물에도 끄떡하지 않는다. 미안해, 하지만 어쩔 수 없었어, 벌써 오래전 일이야, 라며 난감한 듯 눈썹을 찌푸리고 변명을 늘어놓는다. 회사 안인데 신기하게도 당당하게 설명한다. 그녀가 좋아한다고 하는데 거절하기 힘들잖아, 좋아하는 여자를 한정하고 싶지 않았다고. 그 눈이 몹시 싸늘하다. 책상을 치는 내 손에 멍이 들어도 말리지 않는다. 그 냉정함을 듬직하다 여겼었다. 하지만 사실은 벌써부터 알고 있었다. 그는 그저 무관심하고, 누군가를 좋아하는 마음과 그 사람에게 상처를 주지 않으려는 마음이 이어지지 않는 사람일 뿐이다. 어떻게 알았을까, 그렇다, 내가 맹장염으로 입원해 있는데, 그가 뭘 우물우물 먹으면서 병실에 들어왔을 때다. 혹 임신한 건지도, 라고 얘기했을 때도 곁눈으로 텔레비전의 다운타운 프로그램을 보고 있었다. 내 친구가 그의 친구에게 강간당했을 때도 "그 인간, 안에서 사정했으려나?"라고 말했던가. 지금 그의 아이를 가진 다카하시 씨는 그런 일이 아무렇지도 않은 것이리라. 하지만 나는 괴로웠다. 창밖을 보며 생각했다. 무척 좋아했다. 회사가 있는 건물의 가운데 마당에 선 커다란 은행나무가 보였다. 아무튼 괴로웠다……. 그런데도 오후 내내 아직도 이십 통 정도는 전화를 걸어야 한다. 괴롭다……. 눈물이 그치지 않는다.

으음, 하는 신음 소리를 내며 눈을 떴다.

끔찍한 꿈이었다……. 그렇게 생각하고는 숨을 내쉬었다.

그러다가, 여기가 어디지? 하고 생각했다. 나는 이불 속에 있고, 천장에는 투명하고 파란빛이 비친다. 창문 모양이다. 정적……. 창밖에서 나무가 흔들린다. 나뭇가지가 거대하다. 아아 그렇지, 아빠의 오두막에 와 있었지, 하고 나는 분명하게 깨닫는다. 눈에서는 눈물이 흐르고 몸은 공포로 굳어 있다. 나는 그렇게 용기 있는 행동은 하지 않았다. 그저 위가 아파 소리 없이 회사를 그만두었을 뿐이다. 이제 그 은행나무 아래서 도시락을 먹을 일도 없다. 이상한 일이다, 사람들과 그렇게 열심이었던 일보다 은행나무가 그립다니.

창밖에서 나무가 흔들릴 때마다 천장의 빛도 이리저리 흔들렸다. 코끝이 시릴 정도로 공기가 싸늘했다. 나는 어둠의 한없는 크기에 경외심을 품었다. 빨려 들어갈 듯한 어둠이 고양이처럼 살아 방 여기저기서 숨 쉬고 있었다.

처음에는, 아빠는 이렇게 무서운 데서 어떻게 혼자 살지, 하고 생각했다. 그런데 지금은 그런 꿈을 꿨을 때가 이 산의 정적보다 무섭게 느껴진다. 꿈속의 도시 생활은 너무

몸은 모든 것을 알고 있다 115

도 현실적이어서, 늘 자신에게 죄책감을 느끼며 더 열심히 해야지 하고 생각해야 했다.

이곳에 있다 보니, 저 평화로운 집에서는 알 수 없었던 것을 많이 알게 된다. 세계는 넓고, 밤은 영원히 계속될 것 같은 힘을 지닌 낮과는 다른 생물이라는 것, 그런 일들 말이다. 나도 어렸을 적에는 그런 생각을 많이 했다. 별은 얼마나 멀리 있는지, 그런 것들. 최근엔 야근을 하고 역을 빠져나와 돌아오는 길에, 희붐한 하늘에 간신히 보이는 일등성을 그저 습관적으로 확인할 뿐이었다. 밤마다 모습이 바뀌는 달도 무대 배경에 그려져 있는 것처럼 보였다. 이곳에 와서는 그런 것 하나하나가 마음을 울린다.

은퇴하면 산속 오두막에 사는 것이 모든 아빠들의 꿈이라고 하는데, 우리 아빠는 그렇게 평화로운 경우가 아니었다.

아빠는 정년퇴직을 하면 주말을 보내려고 이 통나무집을 샀는데, 여자 친구가 있다는 것이 들통 나 결국 엄마와 별거하게 되었다.

우리 집에서 아빠 얘기는 거의 금기다. 엄마는 처음에는 이혼하겠다고 으르렁거리면서 태도를 분명히 하지 않는 아빠를 미워하더니, 그러다 어느 쪽이든 상관없어졌는지 잠잠해졌다. 그렇게 시간만 흘렀다. 한번은 동생이 근황을 살피러 다녀왔다. 여자의 흔적은 하나도 없었다, 아빠도 헤어졌노라고 했다고 정보를 흘렸다. 그 말을 듣고부터 엄마는, 가끔 아빠가 돌아오면 계절에 맞는 옷을 꺼내 놓기도 하고 좋아하는 음식을 만들기도 하면서 곰상스러워졌다. 대화는 없어도, 원래의 친근한 분위기가 조금씩 되살아났다. 두 사람의 노후가 희망적이라고 생각했는데, 그 바로 얼마 후 이번에는 내가 예의 그 사건으로 회사를 그만두고 아빠가 혼자 사는 산속 오두막을 처음 찾아가게 되었다.

회사를 그만둔 후의 나는 남 보기에 정말 이상했으리라. 우선은 늘 잠만 잤다. 나는 그러고 싶지 않은데, 눈을 뜨면 저녁이고 그런데도 또 잠이 쏟아졌다. 결국 배가 고플 때만 방에서 나오는 꼴이 되었고 체형도 둥글둥글해졌다. 엄마가 말을 걸 때도, 나는 똑바로 대답하는데 엄마는 건성으로 대답한다고 그랬다. 엄마는 외출이라도 좀 해, 라고 했지만 밖에 나가 저금을 축내기가 싫어서 그냥 집에 있었다. 걱정한 나머지 엄마가 노이로제 증상을 보여, 아빠 집에나 갈까 하고 생각했던 것이다. 매일 내 안색을 살피니 더 이상해질 것 같았다. 엄마는 아빠와 오랜 통화를 끝내고, 나를 한동안 맡기로 했다고 말했다. 내게는 "여자 흔적이 있는지 없는지 네 눈으로 살펴 봐. 아무리 감춰도 여자 눈은 속이기 힘드니까, 남자보다 믿을 수 있지. 그런 다음에 엄마도 생각할 거니까, 부탁해."라고 냉정하게 말했다. 그러나 나는 그럴 여유가 없었다. 그때의 나는 아빠가 여자와 있든 남자와 있든 곰과 있든 안중에도 없었다. 나를 유지하기가 고작이었다.

JR 역으로 마중 나왔을 때, 옛날에는 크라운이나 벤츠를 타던 아빠가 어울리지 않게 사륜 구동을 타고 있어, 나는 웃고 말았다. 역에서 파는 도시락도 거의 먹지 못해 초췌한 내가 순간적으로 멍해졌을 때, 말라깽이 아빠가 커다란 차에서 훌쩍 뛰어내렸다. 그때 나는 어떤 의미에서 머리가 뒤바뀐 듯한 느낌이었다.

차 안은 짜증스러울 정도로 깔끔하고 반듯해서, 마치 아빠의 방 같았다.

늘 정리 정돈이 잘 되어 있어 놀러 들어가기도 어려운 방이었다.

오랜만에 만나는 아빠는 어린애에게 말을 걸듯 내게 말했다.

"회사 그만뒀다면서."

"응."

"한동안 여기 있어. 혼자 있고 싶으면 아빠는 집에 가 있어도 괜찮으니까."

"응……."

창밖의 숲, 나뭇가지의 색, 흙의 색. 구불구불한 산길에서 나는 눈에 비치는 새로운 풍경을 물끄러미 바라보았다.

"아빠, 나 가도 괜찮은 거야? 여자하고 같이 사는 거 아냐?"

내가 물었다.

"집은 그래서 나왔지만, 이젠 없어."

아빠가 말했다.

"이런 데서 생활하려면 다소 각오가 필요하지만, 지내다 보면 좋은 곳이야."

흐음, 하고 나는 갸웃했다. 여자도 없는데 집으로 돌아가지 않는다. 그것은 엄마에게 좋은 일일까, 나쁜 일일까. 엄마는 언제 여자이기를 잊은 것인가, 아니면 아직도 무거운 감정을 품고 있을까. 마치 남의 부부 일인 양 전혀 오리무중이다. 그리고 같이 살지 않은 지 오래된 아빠는 내게 말을 걸 때 어린애 대하듯 한다.

자리에 송충이가 있어 내가 한바탕 소동을 피웠다.

"너 옛날에는 송충이 같은 거 그냥 맨손으로 잡았잖아."

아빠가 어이없어 하며 일단 차를 세우고는 휴지로 송충이를 잡아 내던졌다.
"나 스스로도 놀라는 중이야."
송충이에 대한 자신의 강도가 언제 0으로 내려갔을까. 그런 일이 몹시 놀라웠다. 마지막으로 송충이를 만진 때부터 송충이에 대한 정보는 무엇 하나 변하지 않았을 텐데, 낯설다는 이유만으로 이렇게 겁을 내다니……. 이런 식으로 내 감수성은 얼마나 닳아 버렸을까? 나는 그때 파란 하늘을 올려다보면서 정말 불가사의하다는 생각이 들었다. 어렸을 적에 나는 송충이를 잡아 병에 담아 두었다가 다시 놓아주곤 했다. 땅에 오래도록 쭈그리고 앉아, 풀 속에서 톡톡 튀어 오르는 풀보다 밝은 색깔의 메뚜기를 바라보곤 했다. 담벼락에 앉은 나비를 순간적으로 잡아, 가만히 바라보다가 손을 놓곤 했다. 나는 쉬 죽이지는 않았다. 그저 만지고 바라보았다. 유리에 반짝반짝 비쳐 보이는 나방의 알, 그 안에서 움직이는 생명을 바라보곤 했다. 세계는 소스라칠 정도로 넓었다. 왜 지금 나는 그 어느 것도 느끼지 못하는 것일까. 하늘은 그냥 당연한 하늘이고 땅은 그저 흙색이다. 거기에는 무한하게 소용돌이치는 나비 날개 모양만큼의 오묘함도 없다.
"아빠, 우리 모두 여기서 살면 좋을 텐데. 엄마도 밭 갈은 거 같고, 벌레도 잡고, 모두 함께 신나게 일하고, 저녁 밥도 잔뜩 먹고, 쿨쿨 자고. 다 같이 나란히. 캄캄한 데서."

나는 말했다. 그것은 눈물이 날 정도로 멀고 있을 수 없는 광경이었다. 어째서일까? 왜 있을 수 없을까? 뭐가 어디서 어떻게 잘못된 것일까? 아마도 내가 송충이의 감촉을 잃어버렸듯이, 그렇게 우리 가족은 무언가를 조금씩 잃어버린 것이리라.

아빠는 아무 대꾸도 없었다. 차가 흔들리고 머리는 뒤죽박죽, 모든 것이 새하얘질 것 같았다. 눈에는 초록, 초록, 초록.

그렇게 앞서 잃어버린 광경만큼은 마치 밤의 산길 속 불빛처럼 선명하게 마음에 새겨졌다. 전등 빛에 비친 통나무집 탁자를 둘러싼 가족. 텔레비전을 끄면 그다음은 나무들이 흔들리는 소리뿐. 한밤에는 더욱 어둡다. 잠든 동생의 숨소리, 아빠가 코 고는 소리, 엄마의 귀밑머리, 어둠에 옹기종기 기댄 어떤 가족…….

아빠와 살면서 나는 확신했다. 가정이란 남자와 여자가 죽어라 역할 분담을 해야 겨우 돌아가는 것임을.

처음에는 무서운 꿈을 꾸고는 다시 잠들지 못해서 늘

침울했는데, 할 일이 제법 많아 몸을 움직이다 보니까 점차 우아하게 멍하니 있는 시간이 줄어들었다. 이곳에서의 생활은 잡다한 일을 해치우는 만큼 쾌적했다. 그것은 눈에 보이는 보상이다.

아침에 일어나 아빠가 어설프게 구워 주는 토스트를 먹기 싫으면 내가 직접 굽는 편이 낫다. 그래서 일찍 일어났다. 비가 오지 않으면 나는 갓 구운 빵을 사기 위해 2킬로미터나 떨어진 빵집에 갔다. 포장된 산길은 그리 멋은 없어도, 강인한 산식물들이 위 속까지 파고들 것처럼 길로 점점 뻗어 나와 그 강렬한 색깔에 압도되곤 했다. 걷다 지치면 머릿속이 텅 비어, 사람들이 어떻게 보든 이마가 깔끔하든 지저분하든 별 상관 없어졌다. 지금 기진맥진한 나를 보고 사랑스럽다 여기지 않는 사람이라면 상대할 필요도 없다고 생각했다. 그리고 무엇보다 그의 얼굴이 떠오르지 않는다. 빵을 살 때는 빵 생각뿐이다. 훌륭한 재활 운동이었다. 나는 그 무렵 아마도 체력이 남아돌아 쓸데없는 생각까지 할 여유가 있었던 것이리라.

돌아와서 내 손으로 계란 프라이를 만들고 빵을 펼쳐 놓은 뒤, 아빠와 텔레비전을 보면서 그것들을 먹고 커피도 한껏 마시고는 청소를 했다.

아빠는 장작을 팼다.

몸을 움직이는 아빠도 오랜만에 본다.

저녁때 식료품을 사러 슈퍼마켓에 가는 것이 유일한 즐거움이었다. 문명의 빛에 드러난 갖가지 식품이 나란히 진열되어 있는 것을 보면 깡충거리고 싶을 정도로 기뻤다. 그리고 뭘 만들지 생각하는 것이 하루의 주된 고민거리였다. 슈퍼마켓 안에 있는 책방에서 책을 잔뜩 사 밤에 읽으려고 했는데, 너무 캄캄해서 어둠과 별들을 바라보다가 금방 잠들고 말았다.

"너…… 기운 좋은데."

가끔 아빠가 어이없어 했다.

나도 알고 있었다. 엄마가 관리하는 집은 깨끗하게 정돈되어 있어 편하고 기분은 좋다. 하지만 이런 혼돈, 아빠의 냄새, 나는 양말과 똥이 살짝 묻어 있는 팬티와 긴 코털과 흙투성이 신발이 빚어내는 것은, 불쾌하지만 않으면 그만인 것이 아니라 살아 돌아가는 힘의 하나이다. 나이 들어 삭아 가는 남자가 집에 있다는 것. 똑같이 삭아 가는 여자가 지금은 별거 중이지만 있다는 것. 그 둘에서 만든 아이가 여자가 되어 여기에 있고 언젠가는 또 삭아 갈 거라는 것.

나는 어쩌다 그렇게 나약하게 굴었을까?

자연이 아름다워서만은 아니다. 나는 드라마를 보고, 포장된 도로를 걸어 슈퍼마켓에 가서 새로 나온 간식을 사들인다. 이것이 거짓 전원생활이라는 것은 충분히 알고 있다. 내가 잃은 것은 무엇일까? 아빠는 아니다. 생활이라는 것? 지금, 그때를 생각하면 머리만 둥둥 떠다니는 우주인이 떠오른다. 몸은 없고 머리만으로 이런저런 생각을 하며, 흐느적흐느적 해파리처럼 물속을 오가는 듯한 느낌이다. 성별도 없고 욕망도 없다. 생각대로 움직일 수 없다.
그런 느낌이었다.

잘 지내요?
사나에 씨가 없으니까 회사가 허전해요. 과장은 새로 온 아르바이트생에게 손을 댔는지 부인에게서 매일 전화가 걸려 오고, 다들 호기심에 설레고 있어요. 사나에 씨 일은 한동안 입방아에 올랐어요. 그렇다고 회사를 그만두냐면서 다들 놀랐어요. 굉장히 상처받은 여자 이미지. 그래서 다카하시 씨도 견디기가 힘든가 봐요. 고것 잘됐다죠. 배는 점점 불러 오는데 시미즈 씨하고는 사이가 안 좋아졌어요. 아아, 아무튼 재미있는 일이 하나도 없네요. 점심때 사나에 씨하고 피자 먹고 맥주 한잔 나눠 마시고 싶네요. 그런데 생각해 보면 있을 때는 그렇게 정신없이 바빴는데, 사나에 씨가 없어도 회사는 망하지 않으니 신기한 일이죠. 나는 여전해요. 똑같은 그와 똑같은 데이트. 주말에는 거의 함께 지내고 있어요. 어떻게 될 건지. 그리고 얼마 전에 우리 동네에 조그만 술집이 생겼는데, 용기를 내서 혼자 들어가 봤더니 꽤 분위기도 좋고 친구도 사귈 수 있을 것 같아요. 돌아오면 같이 가요. 아버지하고 함께 지내는 생활은 어때요? 지친 마음을 자연이 다독여 줄 것 같아요. 한껏 몸을 움직이고 맛있는 공기 마시고 부활해야 해요. 그럼.

아니, 아니다 뭔가가. 무슨 말인지는 알겠고 대충 앞뒤도 맞지만, 뭔가가 전혀 다르다.

그 편지를 받아 들고 나는 그렇게 생각했다 내가 회사에 다닐 때 정말 이 사람하고 제일 사이가 좋았던가? 학교 다닐 때도 그랬지만, 굳이 말하자면 사이가 좋았다. 좋은 사람이라고는 생각하지만 이미 멀다. 이제 다시는 만나는 일도 없으리라. 그리고 다카하시 씨가 그와 잘되든 못되든 이미 상관없는 일이다. 내가 왜 그런 남자와 사귀었을까? 약속을 해서 만나고 팔짱을 끼고, 살을 맞대고 싶지도 않은데 같이 자고, 마음이 따스하지도 않은데 너그러운 감정을 품는 척하고 생글생글 웃었다. 시간이 많아서였다. 아마도 틀림없이. 시간은 지금이 더 많은데, 그 분주했던 날들이 오히려 한가했던 것이다. 나 자신의 내면에서는.

회사 시절의 친구에게서 편지가 온 것은 오랜만에 비가 내리는 날이었다. 편지를 다 읽고서 씁쓸한 뒷맛이 남아, 나는 그날 밖에도 나가지 않고 창가에서 비만 바라보았다. 실연의 여운은 아니었다. 머리가 맑지 않은 상태로 지낸 날들의 무게였다. 아마도 신흥 종교에 몸담아 한창 빠져들었다가 발을 씻은 사람이 이런 기분이리라. 차라리 정말 사랑하고 진짜 연애했던 사람에게 실연당했다면 그나마 나았다. 정말 할 일이 많아 바쁘고 일을 좋아했다면 그나마 좋았다. 나는 그저 허둥대기만 했을 뿐 정말 바쁜 것은 아니었던 것 같다. 자신이 부끄러웠다. 어쩌다 좋아하지도 않는 사람을 상대로, 사랑을 나누고 있다는 그런 기분에 빠졌을까? 달리 할 일이 없어서? 어째서 인간으로나 남자로나 별 매력도 없고 판단력도 없는 그런 사람이 좋게 보였을까? 그것이 사랑의 힘이었다면 좋았을 텐데. 아니라는 것을 나는 이제 알았다. 나 스스로에게 자신이 없어서, 살아 있음에 죄책감을 느껴서, 나를 좋아한다고 말해 주는 사람을 소중히 여겨야 한다고 생각한 것이다. 정말 좋아했다면, 미치도록 울고 그러다 정말 미쳐 버려도 비를 맞고 선 나무들처럼 싱그러우리라.

　물끄러미 나무들이 젖는 것을 쳐다보았다. 마치 우리 인간이 숨을 쉬듯 잎사귀들은 물기를 머금고 기뻐하는 것처럼 보였다. 매끈매끈 빛나는 표면에 투명한 물방울이 졸졸 흐른다. 관능적인 광경이었다. 나는 그저 멍하니 비 내리는 날이 지나가는 것을 보고 있었다. 눅눅한 흙냄새와 푸릇푸릇한 녹음의 내음. 자신에게도 냄새가 있다고 생각했다. 발산하고 있다고. 이 숲의 나무들과 같은 눈높이에서 그들처럼 비 내리는 하늘을 올려다보고 있다. 유리창으로 투명한 물줄기가 줄줄이 넘쳐흐르며, 번진 숲의 색을 영화처럼 조각내고 있다.

방이 어두워지도록 나는 아무 생각도 하지 않고 밖을 바라보았다.

희뿌연 하늘 색깔이 점점 가라앉으면서 빗소리가 더욱 커지는 것 같았다.

그러다 꾸벅꾸벅 졸았다. 부엌 쪽에서 기름 냄새가 풍겨 퍼뜩 눈을 떴다. 그것은 그리운 냄새였다. 뭐였지…… 하고 멍한 머리로 생각했다. 밖은 캄캄한 어둠이었다. 오늘 저녁에는 새들도 울지 않는다. 나는 부엌에 갔다. 아빠가 야윈 등을 보이며 달걀을 요리하고 있었다.

"와, 오랜만이네, 아빠가 만들어 주는 오믈렛."

어렸을 적 곧잘 먹었던 그것은 양파가 들어 있어 달콤하고 버터 맛이 듬뿍 나고 먹으면 하루 종일 속이 메슥거리지만 묘한 맛이 있어, 가족들에게 인기가 많았다. 아빠가 한 일 중에서 인기가 있었던 것은 오믈렛 정도인지도 모르겠다. 나는 맥주를 꺼내 놓고 어제 먹다 남은 밥에 볶은 버섯을 곁들여 저녁 준비를 시작했다. 아빠가 커다란 오믈렛을 구웠다.

"오믈렛은 버터를 재료에 미리 섞는 게 포인트야."

아빠가 말했다.

"프라이팬에 녹이는 게 아니고?"

내가 물었다.

"그래, 프라이팬에는 아무것도 안 발라."

아빠가 말했다.

"몰랐네. 그래서 그렇게 느끼한 거였구나. 하긴, 그래서 묘한 맛이 있었지만."

"그래."

아빠는 자랑스럽게 말했다.

더부살이 집에서 지내는 밤, 소박한 식탁에 아빠의 맛. 내 앞날에는 무엇 하나 긍정적인 것이 없고, 그저 지금 현재가 있을 뿐이다. 나는 아빠가 이곳에 있는 이유를, 가족들이 사랑하는데도 집에 돌아가지 않고 이곳에 있는 이유를 조금은 알 것 같았다. 거기엔 긍정적이고 올바르고 납득할 수 있는 것이 하나도 없기 때문이다.

오랜만에 먹는 오믈렛은 눈물겹도록 정겨운 맛이었다.

나는 오랜간에 살아 있음에 의미가 있는 듯한 기분이 들어, 맥주를 한껏 마셨다. 그리고 드라마나 보고 자자고 생각했다. 삶에는 정말 많은 의미가 있어, 저 무수한 별처럼 헤아릴 수 없도록 많은 아름다운 장면이 나의 혼을 가득 채우고 있는데, 내가 살아 있음에 어떤 의미를 부여하려 하다니, 그렇게 궁핍하고 치졸한 짓은 이제 다시는 하지 말자, 하고 생각했다.

사운드 오브 사일런스

 어떻게, 숨겨 놓은 많은 것을 친한 사람들끼리는 사소한 눈치만으로도 알아 버리는 것일까. 그것이 사실이라고 굳이 알려 주지도 않았는데 언제, 어떻게 아는 것일까.
 내 인생에서, 몇 번이나 그런 의문이 나를 사로잡았다.
 그 느낌은 정전이 된 집 안에서 차단기를 향해 어두컴컴한 복도를 주저 없이 똑바로 걸어가는, 마치 그런 느낌이다. 또는 책상 뒤로 떨어진 엽서를 자로 끄집어내는, 그런 느낌이다. 알고 있고 손으로 만질 수도 있고 당연한 일이라 여기고 행동하는데, 어째서인가 눈에는 분명하게 보이지 않는 그런 상황과 비슷한, 답답하면서도 마침 좋은 감각이다.
 학교에 다니면서 연애 사건이 벌어지면, 감춰도 여자애

들끼리는 누가 누구를 좋아하는지 아는 것하며, 친구의 여자 친구를 좋아하면서 숨기고 있는 남자아이하며, 아직 사귀지는 않아도 서로 호감을 품고 있는 젊은 선생님들을 보면서 나는 늘 그런 생각을 했다.

또 금실이 아주 좋은 듯 행세하는 친구의 부모가 사실은 얼음장처럼 차가운 관계고 말은 안 해도 그 때문에 친구가 마음 아파할 때도, 그렇게 느꼈다.

눈의 움직임, 손이 머무는 곳, 옷차림의 변화. 슬쩍 거들어 줄 때, 놀랄 일이 있을 때…… 뭔가가 표면으로 나온다. 아니 가령 아무런 계기가 없다 해도, 어느 틈엔가 알고 있다. 모두들 대충은 알고 있다. 의식의 표면에는 드러나지 않아도 어느 깊은 곳에서는 느끼고 있다.

더구나 숨기는 쪽이나 아는 쪽이나 실은 서로가 알고 있다는 것을, 또 마음 어느 깊은 곳에서는 알고 있다. 말로 하거나 하지 않는 차이만 있을 뿐인데, 선을 그어 놓은 탓에, 시간이 두께를 더하면서 깊은 골이 파이기도 한다. 말하지 않은 덕분에 돌이킬 수 없는 마음의 상처를 입지 않을 수도 있다. 무엇이 최선인지는 등장인물의 성격에 따라 다르지만, 아무튼 사람의 몸과 마음이 자신들이 아는 것보다 훨씬 더 많은 정보를 발신하고 수신한다는 것만은 확실한 듯하다. 그 신비로운 색채는 때로 자신이 벌거벗고 있는 듯한 감각으로 나를 소스라치게 하고, 때로는 위로하고 가슴을 찡하게도 한다.

고등학교 졸업 여행으로, 친구와 괌에 가서 다이빙 면허를 따자고 약속했다. 여권을 갱신하려고 내 손으로 호적 등본을 떼면서, 나는 '역시' 하고 생각했다.

나는 양녀였다.

여권 갱신하고 싶은데 엄마, 라고 말했을 때 엄마는 드디어 올 것이 왔나 보다 하는 표정을 지었다. 하지만 그다음 순간에는 아무 일도 없었던 듯이 의료 보험증과 인감을 꺼내 왔다. 이제 다 컸으니까 스스로 생각하라는 뜻이었는지, 계속 무시할 셈이었는지 나는 모른다. 그저 엄마가 잠시 주저했다는 것만 알 수 있었다. 엄마는 주저했고, 나는 그런 엄마를 보았다. 우리는 사실을 분명히 할 몇십 번째 기회를 그렇게 홀쩍 놓치고 말았다.

우리 부모님은 이미 나이가 지긋하고, 아빠가 정년퇴직을 한 후로는 둘이서 매일 아침 산책을 거르지 않는다. 아무리 추운 겨울 아침에도 둘은 나란히 그리고 천천히 천천히 걷는다. 세트로 맞춘 낡은 검정 코트를 입고 팔짱을 끼고 아침 해에 빛나는 아스팔트 위를 묵묵히 걷는다. 한여름이면 아빠는 러닝셔츠 차림인데 엄마는 마 셔츠, 그렇게 균형이 일그러지는 것도 귀엽다.

아침잠이 많은 나는 내 방 창문으로 그 두 사람이 집을 나서서 걸어가는 모습을 내려다보면서, 종종 생각했다.

저런 할아버지와 할머니가 우리 아빠와 엄마라니 곰곰 생각해 보면 정말 이상한 일이라고.

그래서 좀 더 생각하려고 하면, 옛날부터 늘 자동으로 떠오르는 광경이 있다.

한 가지는 집에서 무슨 옥신각신이 생기면 항상 듣게 되는 아빠의 말이다. 엄마는 신경질을 부리며 고함을 질러 대고 나는 울고 언니는 입을 꾹 다물고……. 그런 늘 똑같은 상황을 끝내는 것은 아빠의 그 한마디였다.

"제발, 그 시절 생각나지 않게 해 다오."

어린 나는 그 말이 무슨 뜻인지 몰랐다. 하지만 그 말을 들으면 엄마도 언니도 생뚱해지고 옥신각신의 열기도 금방 식어 버렸다.

또 한 가지는 어느 초가을 가족 여행의 한 장면이다.

내가 살아온 생의 여러 길목에서 나는 몇 번이고 몇 번이고 그때를 떠올렸다. 변화하는 빛과 그림자의 모습까지 떠올라 눈부셔서 나는 그만 눈을 찡그리고 만다. 그 수면의 반짝임 속에 녹아들 것만 같아서.

내게는 열다섯 살이나 터울 지는 언니가 있다.

언니는 1970년대 분위기를 풍기는 그럭저럭 미인에 놀기도 잘했고 남자들에게도 인기가 있었다. 늘 놀러 다니느라 가족과 지내는 시간은 별로 많지 않았지만, 내게는 아주 상냥하고 온갖 데도 데리고 다니고 이런저런 것도 사 주었다. 귀찮을 정도로 나를 챙겼고 친구 관계에도 참견하고 여름 방학 숙제는 밤새워 같이 해 주었다.

언니의 눈동자와 태도에는 어딘가 나이에 어울리지 않는 박력 같은 것이 있어, 그것을 보면 늘 절박한 무언가를 보고 있는 듯한 느낌이 들었다.

그해, 아빠가 다니던 회사를 막 옮겼을 때였다. 여름휴가를 넉넉하게 받지 못해, 가을이 되면 당장 온천이든 어디든 가기로 했다. 그래서 아빠 아는 사람이 운영하는 여관에 묵게 되었다. 오래는 됐어도 방에 조그만 노천탕이 딸려 있는 멋진 여관에서 이틀인지 사흘인지를 묵었다. 아마 그때 나는 한 열 살쯤 되었을 것이다.

어린 시절 추억은 왜 이리도 색깔이 선명한 것일까.

외출복을 입고 화장한 엄마, 아빠의 반팔 셔츠 색깔, 다다미 색이, 바로 눈앞에 보이는 풍경보다 훨씬 명료하게 보인다.

"나중에 저녁밥 먹고 마시러 나가자, 여기는 아무것도 없잖아. 이 길 끝에 허름한 선술집이 있거든."

언니가 말했다. 드러누워 매니큐어를 바르고 있었다.

"너 그 새빨간 색, 그만둘 수 없니."

엄마가 말했다.

"같이 걸어가는데 창피하잖아."

"알았어. 다른 색 덧칠할게."

말은 그렇게 하지만 그래 봐야 언니는 그대로 나가리란 것을 모두들 알고 있다.

"난 안 가련다. 저녁밥 먹으면 배불러서."

아빠가 신문을 읽으면서 말했다.

"그럼 여자 셋이서 가지 뭐."

엄마가 말했다.

"너도 갈 거니까, 자면 안 돼."

언니가 나를 발바닥으로 툭툭 쳤다. 그러고는 콧잔등을 찌푸리고 신호를 보내듯 싱긋 웃었다. 나는 언니의 그 얼굴을 좋아했다.

여관 마당에서는, 아직은 푸릇푸릇한 나무들이 살짝 가을을 띠기 시작한 엷은 색 하늘로 가지를 쭉쭉 뻗고 있었다. 방 바로 밖에 있는 연못에서는 이따금 큼지막한 잉어가 펄쩍펄쩍 뛰었다. 그늘진 그 낯선 방 안에서 마당의 빛을 바라보며 제각기 뒹굴고만 있어도 즐거운 기분이었다. 흔히 친구 같은, 이란 표현이 있는데, 우리 가족은 사이가 좋았다. 아빠와 엄마는 시간이 흘러도 남자와 여자란 느낌이 들었고, 젊어 보이는 엄마와 항상 제 나이보다 어른스러웠던 언니는 자매처럼 공모하곤 했다. 나는 거의 늘 덤이었지만, 그렇게 가끔 둘의 외출에 끼워 주면 신이 나서 어른들의 세계에 따라다녔다.

언니는 방에 딸린 조그만 노천탕이 마음에 쏙 들어, 낮에는 밖에도 안 나가고 몸을 담그고 있었다. 너무 오래 알몸으로 있어 걱정스러울 정도였다. 그리고 그날 오후에는 나까지 덩달아 함께 들어갔다.

그 노천탕은 바위로 꾸미기는 했어도 장난감 같고 물도 온천물이었지만 미지근했다. 마당을 가르는 울타리도 조그마했다. 몸을 담그고 있으면 방에서 울리는 텔레비전 소리가 또렷하게 들렸다. 탕도 아주 작아서, 둘이서 들어가 한 사람이 몸을 담그면 다른 한 사람은 발만 담가야 했다. 아빠는 이런 조그만 탕은 싫다면서 따로 있는 큰 욕탕에 다녔고 엄마는 그리 자주 들어가지 않아, 거의 언니 독차지였다.

언니는 사 온 얼음을 통에 담고 청주를 시원하게 만들어서 찔끔찔끔 마셨다. 나도 언니를 따라 시원한 오렌지 주스를 찔끔찔끔 마셨다. 바람이 센 날이었다. 가끔 구름 사이로 강렬한 햇살이 쏟아졌다. 이제 곧 저녁이 되려는 때, 천천히 변화하는 빛의 색깔을 바라보면서 나와 언니는 말없이 노천탕에 몸을 담그고 있었다.

노천탕 울타리 너머로 도토리 같은 모양의 소복소복한 숲을 거느린 산이 보였다. 그렇게 소박한 산도 금빛으로 지는 해가 비치자 나무들의 초록이 숭고한 빛을 띠기 시작했다. 하늘을 질러가는 구름도 천천히 솜사탕 같은 분홍빛으로 물들기 시작했다.

그 미묘한 변화는 아무리 눈을 찡그리고 보아도 포착되지 않는, 단 한번밖에 볼 수 없는 선연한 색채의 연속이었다.

몸이 조금이라도 식으면 또 그 미지근한 탕에 들어갔고, 뜨거워지면 나와서 주스를 마셨다.

언니는 취했으면서도 여전히 말린 정어리를 질겅거리면서 기분 좋게 술을 마셨다. 팔을 바위에 올려놓고 몸을 뒤로 젖히고 콧노래를 흥얼거렸다.

그렇다, 언니는 흥이 나면 늘 사이먼 앤드 가펑클의 유명한 노래 「사운드 오브 사일런스」를 흥얼거렸다. 그것도 상스럽게 꼭 가사를 바꿔 불렀다. 멜로디에 맞춰, "할아버지 앞 가리개, 할아버지 앞 가리개, 그것은 할아버지 앞 가리개."라고 노래한다. 옛날에 학교에서 유행했던 가사라는데, 온천에서 무심하게 그런 노래를 흥얼거리는 언니는 마치 술 취한 할아버지 같았다. 긴 다리가 흔들려 보였다. 물 위로 절반은 드러나 있는 음모가 미역처럼 일렁거렸다. 젖가슴 사이로 땀이 흘렀다.

나는 그런 언니를 보면서 아아, 손톱 모양이 나하고 똑같네, 우리는 역시 자매인가 봐, 하고 생각했다.

발톱도 곱슬머리도 코 모양도 아주 비슷했다. 나는 어른이 되면 언니 같은 여자가 되겠지, 하고 생각했다.

풍덩, 탕에 들어가 나는 말했다.

"나 이제 나갈래."

"그래, 언니는 좀 더 마시고."

"언니."

"응?"

왜 굳이 그렇게 말했는지, 지금도 알 수 없다.

"언니하고 나하고 부모 자식처럼 닮았다, 그치?"

눈이 동그래진 언니가 긴 속눈썹을 순간적으로 내리깔았다. 언니는 아 뜨거, 라고 말하고는 호들갑스럽게 통에서 술병을 꺼내 컵에 술을 따랐다. 그리고 꿀꺽 삼키고는 머리까지 물에 쑥 묻었다. 내가 놀라고 있는데 푸하, 시원하다, 라면서 바다 도깨비처럼 탕에서 불쑥 튀어나왔다.

그리고 또 잠시 침묵이 있었다.

나는, 그냥 하늘을 올려다보았다. 잠시 눈을 뗀 사이에 또 하늘 모양이 바뀌었다. 모든 것이 미친 듯이 분홍빛을 더하고, 솔개마저 붉게 물든 것처럼 보였다. 조금 전까지 짙푸른 초록이었던 산은 마치 단풍 든 산처럼 보였다.

언니는 물을 뚝뚝 떨어뜨리면서, 또 할아버지 앞 가리개…… 하고 흥얼거리기 시작했다. 얼버무리는 방법도 참 대단하다.

그렇게 모든 것이 제자리로 돌아왔지만, 영원처럼 느껴졌던 침묵 속…… 뒤틀리고 길게 늘어진 시간은 나를 툭, 하고 그 대답 속에, 새로운 현실 세계 속에 떨어뜨려 놓았다. 하늘 색깔은 시시각각 바뀌고, 형제처럼 평범하게, 동물처럼 몸과 몸을 맞대고 만들어 나갔던 나날의 따스한 친밀감 속에서, 나는 투명한 호수를 들여다보듯 언니의 눈동자 속에 있는 진실을 알아보았다.

왠지 '그 시절 생각은 하고 싶지 않다.'라고 말했던 때의 아빠 얼굴이 떠올랐다.

나는 아직은 어리고 가냘픈 손발과 거의 밋밋한 가슴을 물에 담그고, 어른 이상으로 냉정하고 교활한 머리로 아무 것도 보지 못했다고 치자는 결론을 내렸다.

또다시 하늘을 올려다보자, 사방이 어둑어둑해지고 분홍이 옅은 파랑으로 바뀌고 있었다.

"저기 좀 봐, 저 분홍색 산, 사랑이란 아마 저런 색일 거야."

 술 취한 언니는 아까 그 순간을 까맣게 잊었는지, 어느새 기분이 좋아져서 그렇게 말하고는 의미도 없이 생글거리며 먼 곳을 가리켰다.

 "정말 예쁘다."

 나는 그쪽을 바라보고 말했다. 산꼭대기에 불길처럼 아지랑이처럼 아른거리는 태양의 마지막 빛이 있었다.

 내가 중학교에 다닐 때, 언니는 사귀던 미국인의 아이가 생기자 집을 나갔다.

 엄마는 외국에서 살기가 그리 쉬운 일이 아니라면서 중절을 권했다. 대관절 그 사람, 아직 전 부인하고 확실하게 이혼한 것도 아니잖아. 거기서는 무슨 일이든 재판으로 해결하니까 그 사람 한 푼도 못 건지고 빈털터리가 될 거라고, 보나마나야.

 엄마는 외로워서 그렇게 말했을 뿐 사실은 우리 모두가 알고 있었다.

 분방한 언니를 이 집이란 조그만 상자 속에 가둬 둘 수 없다는 것을…….

 나는 서운하네, 하고 실망하면서도 꾹 참고 듣고만 있었다.

그리고 내 마음의 모양이 오락가락, 대리석 모양으로 뒤섞이는 것을 가만히 지켜보았다. 언니라고 생각하면 그저 적적할 뿐이다. 하지만 그렇지 않다면, 하고 생각하자 시커먼 질투심이 솟구쳤다. 앞으로 태어날 아이, 언니의 새로운 생활, 새 가족, 나를 두고 떠나 버린다는 것, 내가 커 나가는 것을 지켜보지 않는다는 것……. 나는 순간적으로 그 모든 것에 증오심을 품었다. 하지만 언니, 라고 생각하자 난로 위로 떨어지는 눈송이처럼 그 마음이 흔적도 없이 녹아 버렸다. 서운하네, 언니, 가 버리는 거야……. 그런 마음만 깨끗한 돌처럼 남았다. 룰렛처럼 전혀 다른 두 가지 색깔 사이를 빙글빙글 도는 나 자신의 내면이 흥미로웠다.

가족끼리 저녁밥을 다 먹고, 케이크와 과일을 먹으면서 그 얘기를 했다. 아빠는 별로 귀담아듣지 않는 표정으로 텔레비전을 보면서 이따금 하고 싶은 대로 해, 라고 중얼거렸다.

모두들 무척 쓸쓸했다. 하지만 언니의 뱃속에 아이가 있다는 사실은 모든 것을 바꿔 버리고 말았다.

얘기가 심각해지면서 엄마가 다소 빈정거리듯 말하자 끝내 아빠의 십팔번이 등장했다.

"아빠도 이제 늙었으니까, 그 시절 생각나지 않게 해 다

오."

아아, 대사가 약간 업그레이드되었다. 할아버지 버전으로.

나는 마음속으로 그렇게 생각했다. 그때 언니가 말했다.

"참 내, 나도 그때처럼 누굴 좋아하고는 아무 일도 없었던 것처럼 부모한테 뒤처리하게 하는 거, 내내 나를 속이는 것 같아서 이제 두 번 다시 싫단 말이야. 말은 안 했지만 잘못이라고 생각하고 있었다고. 지금은 후회도 안 하고, 즐겁게 살아왔고 다 좋지만, 이제 그런 일은 싫어. 내가 항상 위험한 짓만 하니까 걱정하는 건 알지만, 또다시 없었던 일로 하면 난 미쳐 버릴 거야."

엄마는 말이 없었다. 아빠는 의미 없이 응, 하고 고개를 끄덕였다. 언니의 눈이 번들번들 빛났지만, 그 말을 끝내고는 바로 상냥한 얼굴로 나를 보았다.

"너도 놀러 와, 유학 와도 좋고."

코를 찡그리고 생글생글 웃는, 내가 좋아하는 얼굴이었다.

언니, 엄마, 뭐라 부르든 관계는 변하지 않는다. 그것은 내가 진심으로 그렇게 생각하는 많지 않은 것 중의 하나다. 할아버지, 할머니, 아빠, 엄마, 그런 문제가 아니다. 우리는 가족이다. 그렇게 생각하는 편이 절대적으로 편리하다. 재미있고, 넉넉한 느낌이 든다. 그때 그 하늘의 분홍빛처럼 불타오르는 섬세한 빛이, 언니의 결단을 받아들인 우리 가족 주위를 감싸고 시시각각 태양의 코로나처럼 살아 꿈틀거리는 것을 느꼈다.

언니는 지금 남편의 일 때문에 캐나다에 살고 있다. 그때 뱃속에 있었던 남자아이와 함께. 일 년에 한 번 정도 나랑 엄마가 놀러 가든가 언니가 아들을 데리고 온다. 데리고 놀고 챙겨 주기는 늘 힘들지만, 아이가 나를 잘 따라 그래도 즐겁다. 그 아이는 귀여운 목소리로 내 이름을 불러 준다.

나는 내 다짐을 후회한 적이 없다.

그 이른 봄날의 오후 달짝지근한 봄꽃 향기가 희미하게 묻어나는 싸늘한 바람 속에서, 나는 엄마에게는 아무 말 하지 않고 여권을 찾으러 갔다.

신주쿠의 고층 빌딩들이 파란 하늘 높이 솟아 있었다.

나는 그것을 올려다보면서 그날의 산을, 그 오랜 침묵을 생각했다.

마치 깊고 깊은 물에 가라앉았다가 올라온 것처럼 탕에서 푸하, 하고 튀어나와, 아무 일도 없었던 듯 노래를 흥얼거린 언니의 매끈매끈 젖은 머리칼 색을 생각했다.

반찬거리를 사 들고 가 오늘은 내가 밥을 지어야지, 아빠가 좋아하는 솥밥을. 그리고 유채 나물 무침에 바지라기 국……. 그렇게 주문처럼 일상을 중얼거리면서, 잠시 마음이 어지러웠던 나는 다시 내 삶으로 돌아왔다.

적당함

"저기 저 자리 손님, 통장을 계속 펼쳐 놓고 있는 거 있지."

주문을 받으러 갔던 여자애가 돌아와 소곤거렸다.

"뭐, 정말."

나는 대답했다. 그 찻집에서는 무슨 일이 생겨도 그리 놀라지 않았다.

나는 음식점을 경영하는 아빠의 연줄로 어느 대기업이 운영하는 회원제 찻집에서 일하고 있었다.

실내는 널찍하고 약간 어둡고, 젊고 유명한 모 건축가가 설계하고, 또 유명한 여자 코디네이터가 실내 인테리어를 담당한 완벽한 일본식 공간인데, 어딘가 모르게 모던한 찻집이었다. 실내 장식품과 그릇은 전부 골동품으로, 그렇게 오래됐거나 값어치가 있는 것은 아닌 듯한데도 소탈하고 품위 있었다. 손님들도 고전적인 맛에 까다로운 사람이 많아, 커피든 녹차든 좋은 재료로 정성스럽게 끓이는 점이 나는 좋았다.

다양한 사람들이 다녀갔다. 영업적인 만남, 은밀한 모임, 불륜 커플, 부모가 돈이 많아서인지 유난히 뻐겨 대는 젊은이들, 걷기조차 힘들어 보이는 노인, 책을 읽는 사람, 매일 아침 산책 후에 꼭 들르는 노부부, 아무튼 갖가지였다.

술은 없고 먹을거리도 전통 과자와 샌드위치 정도인데, 마치 술을 파는 가게처럼 많고 많은 일이 생기고 화제가 끊이지 않았다. 그러나 여기서 생긴 일을 바깥에 나가 얘기해서는 절대 안 된다는 규칙이 있어, 검정 미니 스커트에 하얀 앞치마를 두른 우리 웨이트리스들은 소곤소곤 서로에게 많은 얘기를 하며 욕구 불만을 해소했다.

"그런데 말이지, 0이 엄청 많이 붙어 있어. 보여 주고 싶은 건가."

여자애가 말했다.

"네가 차 들고 가서 한번 봐 봐. 재미있어."

"응, 알았어. 어떤 인간이 그런 엉뚱한 짓을 하는지 보고 싶다."

나는 그렇게 대답했다.

나는 주문한 녹차와 따뜻하게 데워 둔 찻잔을 조그만 칠기 쟁반에 담아, 저기 멀리 있는 그 자리로 걸어갔다.

"오래 기다리셨죠."

찻잔을 테이블에 세팅하면서 나는 그 애가 왜 그리 요란을 떨었는지 알 수 없었다.

검은 코트에 보푸라기가 잔뜩 돋은 캐시미어 스웨터를 입은 그 할아버지는 육십 대 중반쯤 되었을까. 무척 품위 있어 보였다. 그런데 일부러 내 쪽으로 통장을 밀어 놓고 보이려 했다. 마치 치한이 지퍼를 내리고 자기 팬티 속을 보이려는 것처럼.

이거 혹시, 우리가 보면 이 고독한 노인이 그것을 빌미로 오래고 성가신 문제를 일으키려는 것 아닌가, 하는 생각이 들었다.

실제로 그런 식으로 웨이트리스에게 시비를 거는 사람이 많았다. 돈을 지불하고 회원이 되는 순간, 인격이 확 바뀌는 경우도 있었다. 여기에서는 무슨 짓이든 해도 상관없다고 여기는 것이다.

고급스러운 옷으로 몸을 치장하고 모두들 에르메스 핸드백을 들고 있을 법한 부인네들이 도저히 입에 담을 수 없는 화제로 소란을 피우는 일도 흔하고, 제일 구석 자리, 가리개로 막힌 자리에 앉아 동행한 여자의 치마 속으로 손을 집어넣는 손님도 있다. 그런 때는 슬쩍슬쩍 상황을 살피러 드나들어 스스로 그만두게 한다. 하지만 모처럼 이렇게 아름다운 것들에 에워싸인 차분한 공간에 있는데, 내면에는 아무 영향도 미치지 못할 수도 있구나, 하는 생각이 들곤 한다. 나는 그런 일에 일일이 주먹을 불끈 쥐고 분노를 참아야 할 만큼 세상을 모르는 철부지는 아니지만, 그래도 역시 생글생글 웃으면서 "이 찻집에서 차를 마시면 마음이 푸근해진다니까요."라고 얘기하는 노부부, 그 기업에 아들이 근무하는 덕분에 회원이 되었지만 늘 소박한 옷차림으로 혼자 와서 맛있게 커피를 마시는 중년의 부인을 보는 게 더 행복한 것은 분명하다.

……아무튼 나는 그 통장을 보지 않으려고 애써 눈길을 돌렸다. 그런데 찻잔에 차를 따르려고 몸을 앞으로 구부렸을 때, 그가 펼친 통장을 내 눈앞에 바짝 들이밀었다. 나는 얼굴을 옆으로 돌린 채 쏟지 않으려고 곁눈질하며 차를 따랐다. 차를 다 따르고 안도감에 고개를 들자, 아뿔싸 그가 찻주전자와 나 사이로 통장을 쑥 내밀었다. 이건 거의 개그, 라고 생각한 나는 눈을 꼭 감은 채 인사를 하고 그 자리를 뜨려 했다. 그러자 그는 펼친 통장을 안쪽이 보이도록 내 얼굴 앞으로 들어 올렸다.

나도 모르게 웃음을 터뜨리고 말았다. 그도 하하하, 하고 웃었다 웃는 얼굴이 귀여웠다. 디건 문제를 일으키려고 시비를 거는 게 아니다, 반응을 보고 싶을 뿐, 이라고 나는 판단했다.
"그렇게 보여 주고 싶으시다면, 봐 드리죠."
나는 그렇게 말하고 통장을 빤히 보았다. 과연 셀 수 없을 만큼 0이 많았다.
"이렇게 돈 많은 부자라는 거 알면 누가 훔쳐 가겠어요. 자, 이제 챙겨 넣으세요."
나는 그렇게 말하고는 생긋 웃고 그 자리에서 물러났다.
자리로 돌아오자, 너 꽤 배짱 있다, 라고 그 여자애가 말했다.

일주일에 세 번 정도, 엄마가 집안일을 하고 싶다고 하면 나는 아빠 가게에서 음식 나르는 일을 거들었다. 아카사카의 주상 복합 빌딩에 있는 조그만 가게는 단골손님밖에 오지 않아 일이 그렇게 힘들지는 않았다. 코스 요리는 없고 아빠가 그날그날 신선하고 값싼 재료로 적당히 요리를 만들기 떠문에 예약도 받지 않는다. 그 덕분인가, 거드름을 피우는 손님은 거의 없었다. 괜한 거드름을 피우는 사람들은 보통 예약을 하는 모양이다. 헛걸음하기 싫은 것이리라. 아빠의 가게에는 보통 사람들, 이제 막 발돋움을 시작한 그만그만한 젊은이들. 평소에는 위엄을 부릴 만한 자리에 있는 사람이라도 훌쩍 왔다가 손님이 많으면 그대로 발길을 돌리는, 그렇게 발걸음이 가벼운 손님들이 많아 좋았다.

아빠가 하는 일을 존경할 수 있다는 것은 사람에게 무척 행복한 일이 아닐까. 나는 상사를 위해 자리를 잡아 놓으려고 일찌감치 가게에 나타난 탓에 따분해 어쩔 줄 모르는 시원찮은 아저씨에게도 반드시 따뜻한 차를 대접하고, 그 찻잔이 비지 않도록 그리고 말을 너무 많이 걸지 않도록 세심하게 배려하는 아빠의 공평한 마음이 자랑스러웠다.

갓 서른이 된 나는 대개 가게 안에 있는 사람들 중에서 가장 나이가 어렸지만, 어렸을 때부터 음식을 철저히 다루도록 세뇌당한 터라 가게 일이 그다지 힘들지 않았다. 오히려 배우는 것이 많아 신나게 일했다.

나는 옷을 벗어서 아무 데나 던져 놓고 발로 리모컨을 끌어당기는 전형적인 요즘 젊은이지만, 포테이토칩을 먹으면서 캔 맥주를 마시는 그런 청춘을 보내지는 않았다. 혼자 있을 때도, 귀찮지만 간단한 안주를 만들거나 그냥 있는 것이라도 접시에 예쁘게 담아 놓고, 맥주는 잔에 따라 마셨다. 요리를 배우면서 그 세계에서 만난 부모님의 딸인 내게 그것은 당연한 일이었다. 바람직한 일이란 생각조차 없었다.

맛있는 요리를 먹을 수 있는 것도 좋았다. 하기야 어렸을 때부터 아빠가 만든 음식을 먹고 자라긴 했지만, 가게에서의 아빠는 사소한 음식을 만들 때도 그 마음가짐이 집에서와는 달랐다. 낮에는 회원제 찻집에서 좋은 그릇과 분위기 있는 장식품에 에워싸여 차와 커피 끓이는 방법을 익히며 돈을 벌고, 밤에는 때때로 아빠 가게에 나가 일을 하고. 그러다 언젠가 아빠보다 나이가 많은 엄마가 먼저 지치면 집에서 쉬라고 하고 아빠가 칼을 쥘 수 없게 되는 날까지 매일 밤 엄마 대신 일하리라. 그러면서 많은 것을 배우는 것이 내 인생의 굳건한 계획이었다. 일본 음식에 대해서는 배울 수 없지만 술집 주인은 될 수 있을 것 같았다. 언젠가 아주 먼 훗날이라도, 간단한 안주와 좋은 술을 대접할 수 있는 가게를 갖고 싶고 그리고 가능하면 반려와 함께 가게를 운영하고 싶다.

그러나 그 바쁜 생활 때문에 일요일이면 늘 늘어지게 잠에 빠져, 애인이 생겨도 진득하게 사귈 시간이 없었다. 그래서 나도 모르는 사이에 저절로 사이가 끊어지곤 했다. 많은 남자들과 사귀었지만 늘 짧은 만남이었다.

그날, 내가 가게에 들어서자마자 아빠가 말했다.

"너, 대체 무슨 짓 한 거야? 가게에서."

"여기? 오늘은 지금 막 왔고, 어제는 아빠하고 같이 집에 갔잖아요."

내가 말했다.

"아니, 낮에 다니는 가게 말이야."

"아무 짓도 안 했는데요?"

준비를 하면서 나는 그 '통장 할아버지'의 얼굴을 떠올렸다.

"오너가 너 좀 보자고 하더란다. 사이토 씨가 전하더라."

아빠가 말했다. 사이토 씨는 단골손님으로, 낮에 근무하는 찻집에 나를 추천해 준 사람이었다. 왠지 불길한 예감이 들었다. 그 통장 할아버지가 혹시, 지금까지 가게에 한번도 온 적 없는 오너가 아닐까?

잠시 후 가게는 손님으로 북적거렸고, 바쁜 탓에 그 얘기는 마저 하지 못했다.

다음 날, 점장의 언질에 일을 조금 일찍 끝낸 내가 옷을 갈아입고 제일 구석 '밀담의 자리'에 가자, 아니나 다를까 그 할아버지가 앉아 있었다. 고급스러운 다운재킷 속에는 그전처럼 낡은 캐시미어 스웨터를 입고 있었다.

물 잔을 들고 온 동료 여자애의 얼굴에는 '가엾게도,

화나서 너 해고하려나 보다. 미안, 내가 가서 보라고 해서…….'라고 말보다 훨씬 더 분명하게 쓰여 있었다. 나는 '괜찮다'는 뜻으로 고개를 끄덕이며 웃고는 말했다.

"나도 녹차 부탁해요."

그녀는 정말 미안하다는 표정을 지으며 사라졌다.

"오너라는 것도 모르고, 실례했네요."

내가 말했다. 할아버지는 이 대기업의 설립에 관계했던 사람으로 아들에게 회사를 맡기고 일선에서 물러난 지 오랜데, '약간 은밀한 살롱 같은, 사원 가족도 편안히 쉴 수 있는 장소가 있으면 좋겠다.'라는 아내의 말에 따라 이 찻집을 만들었다고 한다. 장소는 자사의 빌딩, 설계비와 실내 장식비는 자비로 담당했고 수익금은 회사에 기부하고 있다. 부인이 찻집의 운영 방침과 실내 장식에 많은 조언을 했다고 들었다.

"상관없어, 지금까지 안 온 내 잘못이니까."

할아버지는 가까이서 찬찬히 보니 피부도 매끈매끈하고 아주 젊어 보였다.

"삼 년 전에 아내를 앞세우고 아들 하나 있는 것도 가정을 꾸려 집을 나가서, 나 혼자 조그만 집으로 이사를 했지. 그랬더니 좀 멀어서 말이야. 아내는 죽기 직전까지도 가게가 완성되기를 손꼽아 기다렸고, 이 조그만 찻집에 매일 오는 게 꿈이었지. 전부 집에 있던 것들이야, 저 장식장이며 이 다기들이며. 결국 완성을 못 보고 죽었어. 가게니까 그릇이 하나 둘 깨져서 아쉽지만, 어차피 죽을 때 갖고 가는 것도 아니고. 우리 집 창고에 아직도 많이 남아 있어. 그것들도 여기다 다 갖다 놓아야지."

이런 사연을 그는 중얼중얼 얘기했다.

"골동품에 대해서는 아는 것이 별로 없지만, 친한 사람 집에 있는 것처럼 편안해서 일하면서도 즐거워요, 이 찻집."

나는 말했다. 이미 될 대로 되라고 생각하고 있었지만, 넌지시 의욕을 어필해 보았다.

대체 왜 이렇듯 품위 있는 사람이 통장을 내보인 것일까? 인간이란 참 알 수 없다.

마침 그때 동료가 녹차를 들고 와, 나는 처음으로 손님 입장에서 차를 마셨다. 정말 맛있는 차였다. 입술에 살짝 닿는 찻잔이 차의 맛을 더해 주는 듯했다.

"쓸쓸해질 것 같아서, 올 수가 없었어."

"앞으로는 언제든 오세요."

해고라고 생각하면서도 나는 미소 지었다.

"지금, 데이트할까?"

할아버지가 말했다. 어라, 아무리 그래도 그렇지, 아빠보다 나이 많은 남자 친구는 통장에 아무리 0이 많이 붙어 있어도 아니올시다지, 하고 나는 생각했다.

'데이트 안 하면 해고인가요?'

이 말이 목구멍까지 올라와 있었다. 하지만 입 밖으로 내밀려는 순간 목구멍이 꾹 막았다. 그런 건, 하고 나는 하려던 말을 그만두었다. 설사 정당할지라도 그 말에 담긴 천박함은 '데이트하면 얼마 줄 건데요?'와 전혀 다르지 않다. 오랜 세월을 살아온, 그리고 반려를 앞세운 할아버지에게 할 말이 아니다. 가령 그가 통장을 자랑하는 그런 면을 갖고 있다 해도 말이다.

때로 내 몸이 그런 반응을 한다. 어쩌다 보니까 목구멍까지 올라온 말을, 무언가가 가로막는다. 그 후에 이유를 생각하면서 알게 된다.

그래서 이렇게 말했다.

"전 지금 할 일이 있어요. 아빠 가게로 오시지 않을래요? 예약을 안 받으니까 빈자리가 없을지도 모르지만, 카운터 구석에 간이 의자를 마련해서라도 앉게 해 드릴 테니까요. 그리고 맛있는 음식도 대접하고요."

할아버지는 순간 어이없어 했다. 하기야 그럴 만도 하다. 지금까지 온갖 고급 요정에 가 보았을 것이고, 누군지도 모르는 웨이트리스의 아빠가 한다고 그 가게에 어정어정 따라가다니, 바보짓이라고 여길 것이다.

 그러나 할아버지는 따라왔다.

 할아버지의 이름은 신조 씨. 할아버지와 함께 가게로 들어섰더니, 아빠는 깜짝 놀라면서 '죽이고 싶다.'는 표정으로 나를 힐긋 보았지만, 금방 장사꾼의 혼이 그를 곧추세웠다. 아직 가게에는 손님이 없어, 할아버지는 좋은 자리에서 느긋하게 마실 수 있었다. 맛있는 음식을 적당히 먹고 신조 씨는 크게 만족해서 돌아갔다. 아카사카의 복잡복잡한 골목길에서 그를 택시에 태우고 손을 흔들며 나는 생각했다. 아아, 다행이다, 단골손님이 하나 늘었고, 이제 해고될 일도 없겠지, 하고.

 실은 그 무렵 나는 다른 한 가지 난감한 문젯거리가 있었다.

 음대에 들어갈 목적으로 플루트를 공부하고 있는 동네 꼬마 녀석이 툭하면 한밤에 플루트 연주를 들어 달라면서 놀러 왔다.

 놀러 오는 것 자체는 그가 초등학교 1~2학년 때부터 가끔 있는 일이었다. 플루트 소리를 좋아하는 나는 너무 오래 눌러 있지만 않으면 기꺼이 그를 집에 들여놓았다. 나 역시 어렸을 때는 피아노를 배웠고 엄마는 지금도 가끔 피아노를 치기 때문에 우리 집에는 피아노 방이 따로 있었다. 방음 설비가 되어 있는 그 방에서 그는 한밤에도 얼마든지 큰 소리로 플루트를 불 수 있었다.

부모님은 입시 학원에서만 들어 주고 선생님도 싫다, 고등학교에 들어가기 전에 유학을 가고 싶다, 고 그는 말했다. 동네 사람들은 그가 거의 천재적인 자질을 갖고 있어 장래가 유망하고, 세계를 넘나드는 연주가까지는 힘들어도 아무튼 프로가 될 재능은 충분히 있다고들 말했다.

나는 아직 어린 초등학생의 재능을 곧이곧대로 믿고 싶지 않아, 가끔 기분 전환을 하고 싶은 거겠지, 하고만 생각했다. 너의 미래를 위해서 마음껏 사용하라고, 그렇게 대단하게 대접하자니 허풍스럽게 여겨졌다. 불고 싶을 때 우리 집에서 부는 것에는 아무런 문제도 없었다.

그 밤에도 나는 너무 피곤해서 딱딱하게 굳은 어깨에 파스를 붙이고 있는데, 창밖에서 신호를 보내는 희미한 플루트 소리가 들렸다. 윗도리를 걸치고 커튼을 젖히자, 그 녀석, 타이즈가 빛나는 긴 플루트를 들고 밤의 어둠 속에 서 있었다. 나는 마당 쪽 큰 유리문을 열고 그를 집 안으로 들였다.

얼굴 생김새는 섬세하고 귀여운데, 요즘 흔히 볼 수 있는 까진 초등학생들에 비해 그는 조금도 세련되지 않았다.

하지만 그 때문에 오히려 플루트 하나에 건 인생이 느껴져 사랑스럽기도 했다. 어서 유학 가서 꾸미는 것도 좀 배워야지, 하고 나는 늘 타이조에게 말하곤 했다. 빈에라도 가 있으면 놀러 갈 겸 여행도 하고 유럽의 음식점을 볼 수도 있다.

"피아노 방 좀 빌려 줘요."

타이조가 퉁명스럽게 말했다.

나도 자기 전에 한잔하며 플루트 소리를 듣고 싶어서 피아노가 있는 방에 따라갔다. 우리 아빠와 엄마는 새벽 2시에는 꼭 잠자리에 든다. 그 후에는 올빼미 체질인 나의 천국이다. 누구를 데려와도 알아채지 못하는데, 바쁜 일상 때문에 데려올 수 있는 것은 초등학생 정도였다.

타이조도 졸린지 음이 탁했다. 그런데, 내가 술안주로 들고 온 한국 산 김을 바삭바삭 먹으면서 술을 마시고 취해서 정말 잠이 쏟아질 즈음에는 투명하고 멋진 소리를 내기 시작했다. 앞으로 많은 일을 겪으면서 소리도 점점 바뀌겠지, 하고 나는 생각했다. 하지만 '누군가에게 사랑받고 싶어 하는' 느낌의, 그러면서도 교태를 부리지 않는 그 특유의 소리 맛은 평생 변하지 않을 것이라 생각했다.

"이제 그만 자야겠다, 마음껏 연습하고 가."

나는 그렇게 말했다. 잠이 쏟아져, 거의 한계였다.

"관객이 없으면 따분하잖아요."

타이조가 말했다.

"그럼 내일 듣자, 오늘은 더 이상 못 듣겠어."

나는 부드럽게 말하고 피아노 방에서 나와 내 방으로 갔다.

타이조는 투덜투덜 플루트를 정리하고 따라왔다. 플루트를 정리할 때 그는 반드시 정성스럽게 닦고 윤을 내고 조심스러운 손길로 살며시 케이스에 넣는다. 무자와 감자를 손질하는 아빠와 비슷했다. 그런 모습을 보는 것도 좋았다.

자 그럼, 하고 베란다 문을 여는 나를 타이조가 와락 껴안았다. 어째 요즘 이런 일이 벌어질 듯한 느낌이 들었다.

"어른이 되면 결혼해 줘요."

그가 말했다.

"하게 해 달라는 말, 잘못한 거 아니니, 아직 고추도 제대로 서지 않는 주제에, 털도 별로 안 난 주제에."

나는 말했다. 그는 고작 열두 살이다.

"걱정 안 해도 될 것 같은데."

그는 그렇게 말하고 나를 쓰러뜨렸다.

초등학생인데, 이거 개그 아니야, 하고 나는 또 생각했다.

"십 년쯤 지나면 생각해 보지, 지금은 안 돼."

나는 그렇게 말하고 어린아이 때 그랬던 것처럼 그의 머리를 꼭 껴안았다. 마른 풀 냄새 같은 좋은 냄새가 났다.

"알아요."

그는 씁쓸한 표정으로 말하고는, 내 머리를 꼭 껴안고 머리칼을 살며시 쓰다듬었다. 이렇게 어린데 벌써 남자다, 싶은 생각에 가슴이 뭉클했다. 그는 바지 앞자락을 딱딱하게 부풀린 채 돌아보지도 않고 사라졌다. 가엾게도, 하고 나는 생각했다. 침대로 불러들여 애를 써 볼 수도 있지만, 차라리 그게 손쉬울 수도 있지만, 너무 무겁다. 앞으로 세계를 돌아다니며 멋을 알고 이런저런 여자를 좋아하기 위해 보존되어 있는 엄청난 에너지를, 이 파스를 붙인 어깨로 받아들일 마음은 도저히 일지 않았다.

그로부터 거의 매일 신조 씨는 아빠의 가게를 찾았다.

그리고 나는 매일매일, 그에게 집에 놀러 와서 뭘 좀 만들어 달라는 소리를 들었다. 같이 일하는 여자애는 남 일이라고 "결혼해서 유산만 상속받으면 되잖아!"라고 꼬드겼지만, 아흔까지 살면 어떻게 할 건데, 하고 받아넘기자 내가 가정부로 들어갈 테니까 같이 놀면서 살면 되지, 월급 많이 줘야 돼, 라며 웃었다.

그날 밤은 아주아주 추웠다.

그런 데다 어젯밤 아빠에게 신나게 혼이 나 기분도 착잡했다. 급한 일에 매달리다가 사발에 담아 둔 비빔밥이 식은 줄도 모르고 내놓는 바람에 '밥이 식었다'고 손님이 언짢아한 것이다. 나는 간혹 그런 중대한 실수를 한다. 오늘 아침에 엄마가, 너 피곤해서 그런 거야, 오늘은 엄마가 나갈 테니까 쉬어, 하고 말했다. 엄마는 갱년기에 몸도 별로 안 좋은데 나를 쉬게 해 주었다.

절대 질투하는 것은 아닌데, 아빠하고 엄마는 얼굴도 닮았고 빚어내는 분위기도 무척 비슷하다. 둘이 가게에 있으면 내가 일할 때에는 없는 조화가 생겨난다. 아름다운 리듬이 생겨난다. 그것은 둘이서 말다툼을 한 때라도 변함없이 그곳을 채웠다. 그런 모습을 보면 나는 왠지 내가 있을 자리가 없어진 듯한 기분이 들곤 했다. 그리고 그럴 때마다 나만의 세계가 필요해, 나만의 반려가 필요한 거야, 하는 초조한 기분이 싹트려 했다.

모처럼 쉬게 된 그 밤, 일이 끝나기 직전에 신조 씨가 차를 마시러 왔다.

그리고 가게 뒷문으로 나서는데, 그가 기다리고 있었다. 같이 가자고.

내미는 팔에 팔짱을 끼자, 아빠보다 할아버지보다 더 포근한 냄새가 났다.

그리고 절실하게 느꼈다. 내게는 타이조가 그저 어른 남자의 대리에 지나지 않듯이, 나를 찾는 신조 씨의 마음 역시 잃어버린 아내에 대한 그의 거대하고 돌이킬 수 없는 애정에는 절대 미치지 못한다는 것을.

아빠가 엄마를 잃으면 어떻게 될까 하고 생각했더니 쉬이 상상이 갔다. 아마도 내 나이 정도의 젊은 여자에게 정열을 쏟아 마음을 달래리라.

그렇게 생각하자 갑자기 마음이 편해졌다.

신조 씨가 사는 집은 정말 작았다.

마당만 휑하니 넓고, 정작 집은 창고 같았다. 집 옆에는 정말 창고가 있었다. 맨 처음 신조 씨는 그 창고를 보여 주었다. 먼지 냄새도 곰팡내도 안 나는 그 창고에는 별 값어치 나가는 것은 아니어도, 많은 것들이 정성스럽게 간직되어 있었다. 그것들을 애정으로 관리했을 부인의 자상한 손길과 어깨가 보이는 듯했다.

집 안은 정말 적막했다. 지저분한 것은 아닌데, 뭐라 형용할 수 없이 황량하고 어두컴컴한 느낌이었다. 집 안에서 기(氣)가 다 빠져나간 것 같았다.

고양이 한 마리가 어슬렁거렸다.

"왜 이런 털북숭이하고 사는지 모르겠지만, 그래도 이름을 부르면 다가오고 서로 좋아하니까, 참 알 수 없는 일이지."

 신조 씨가 그렇게 말했을 때에야 그 집 안에 꽉 들어찬, 거의 폭발할 듯한 고독의 냄새를 느꼈다. 그 출구 없는 외로움이 다그쳐, 자신의 찻집에서 통장을 보이면서 젊은 웨이트리스를 유혹하게 한 것이었다.

 유리창은 깨져 있고 부엌에는 한 되짜리 빈 청주 병이 뒹굴었다. 싱크대 안에는 그것을 마셨을 컵이 몇 개나 쌓여 있었다. 손질하지 않은 정원수는 너무 웃자라 온 유리창이 나뭇잎으로 덮였고, 바람이 불 때마다 윙윙, 푸석푸석 스산한 소리를 냈다. 죽은 엄마를 생각하던 찌르레기가 듣고는 엄마가 돌아온 줄 알았다는 이야기 속에 나오는 소리처럼 아프게 가슴에 파고드는 소리였다.

 나는 반주를 주고받으면서, 간단하게 우동을 만들었다. 그는 맛있다며 먹고 또 술을 마셨다. 나도 만들면서 마신 탓에 취하고 말았다.

 "그냥 옷 벗고 보여 주기만 하면 돼."

 할아버지가 끈질기게 조르는 바람에 나는 그만 옷을 벗고, 게다가 같이 자고 말았다. 아빠보다 나이가 많은 할아버지와. 거기까지 가고 나면 나이 따위 많으나 적으나 마찬가지지만, 아무튼 그는 번듯하게 일을 치러 냈다. 앞으로도 이렇게 만날 수 있는 건 아니에요. 나도 결혼도 하고 그럴 테니까, 라고 말하자, 그는 말했다.

"오늘 같이 자 준 것만으로 족해. 내일 죽을지도 모르는 신세, 네 앞날을 방해할 마음은 없어. 가끔 아버지 가게에 드나들고 내 가게에 있는 너를 보고, 그리고 앞으로 한두 번 이런 일이 있을 수 있으면 그것으로 충분해. 주책도 정도껏 떨어야지."

아마도 진심이리라, 하고 나는 생각했다. 이 사람에게서는 이미 살아 꿈틀거리는 욕망이나 사람을 자기 마음대로 취하고 싶어 하는 마음보다, 죽음에 대한 갈망이 짙게 느껴진다. 젊은 여자에게 빠져서 꼴사납게 죽고 싶지도 않지만 그렇다고 깨끗하게 죽고 싶은 마음도 없어, 하지만 아무튼 이런 일이 있으면 기쁘지 않을 수 없지, 라고 신조 씨는 말했다. 그렇다고 거기에 목매달 정도로 바보는 아니라고.

돌아가는 길에 신조 씨가 콜택시를 불러 주었다. 나는 집을 저만치 앞두고 내렸다.

내리는 순간 북풍이 몰아쳐 코트 자락을 여몄다. 남자의 열기로 발과 목덜미가 아직 뜨거웠다.

이게 대체 무슨 인생이지, 하고 생각했다.

지금쯤 아빠와 엄마는 그 활기찬 가게에서 부지런히 움직이고 있겠지. 어쩌면 나는 아빠를 굉장히 좋아하는 것

아닐까? 라고 심리적으로 간단하게 해결하려고 했지만 아니라는 것은 알고 있었다. 이 상태는 내게 책임이 있다. 신중하게 결혼을 고려하는 또래 남자들에게 늘 거절당한 이유가 분명 있을 것이다. 노숙한 사람이 취향인가? 아니면 그냥 헤픈 건가? 아니지, 그렇지는 않지……. 그런 생각을 하면서 걸었다. 아마도 무언가가 지독하게 한쪽으로만 기울어 있는 것이리라.

새해 참배를 드리러 가곤 하는 동네 신사가 보였다. 나는 그 어두운 경내로 어슬렁어슬렁 들어갔다. 나무 그림자에 가린 빨간 기둥 문을 지나면 해묵은 긴 계단이 있다. 이끼가 끼어 반짝반짝 빛나는 그 계단을 올라 사당까지 갔다.

사당 안은 캄캄해서 아무것도 보이지 않았다. 사당의 지붕 그림자가 바람에 흔들려 뾰족하게 보였다.

나는 새전함에 동전을 집어넣고, 차가운 손으로 고운 색깔의 줄을 잡고 흔들었다. 어둠 속으로 방울 소리가 퍼져 나갔다. 그리고 두 번 고개를 숙이고 두 번 박수를 치고 다시 한 번 고개를 숙인 후 이렇게 기도했다.

"꼬맹이 녀석도 할아버지도 이제 싫어요. 내게 맞는 적당한 나이의 반려를 만날 수 있게 해 주세요, 오래 걸리더라도."

몸은 모든 것을 알고 있다

하늘을 올려다보자 나뭇가지의 새카만 그림자 사이로 별들이 총총 빛났다.

주위에 밝은 것이 없어서 한결 반짝이는 것 같았다.

심각하게 생각하면 성가시고 귀찮으니까, 나는 그만 생각하기로 했다. 신에게 기도하고 내 마음을 맡겼으니 그다음은 알아서 하라지 뭐, 어떻게든 될 테니까. 그렇게 생각하면서 계단을 내려와 집으로 돌아가는 발길을 서둘렀다.

작가의 말

문예춘추 사의 히라오 다카히로 씨를 알게 되면서부터 품었던, 너무 품어서 썩어 버릴 듯했던 이 기획, 이제야 겨우 책으로 나와 감개무량합니다.

모리 마사아키 씨의 자상한 격려, 히라오 씨의 날카로운 지적……. 전체적으로 고르지는 않지만, 몇몇 단편은 내 작품 중에서 가장 잘 썼다고 생각합니다.

이 책에 관계한 모든 분들께 감사드립니다.

그리고 늘 동경해 마지않았던 아이다 노부요 씨가 표지의 그림을 그려 주신 것도 큰 기쁨입니다. 감사합니다. 그리고 읽어 주신 독자 여러분, 감사합니다. 앞으로도 정진하겠습니다.

요시모토 바나나

옮긴이의 말

살다 보면, 바쁜 일상에 묻히는 것들이 많습니다.

그렇게 반짝거렸던 아주 먼 기억도 그렇고, 바로 어제 오랜만에 만나는 사람과 마주 앉아 나누었던 짧은 대화도 그때는 행복했는데, 오늘이면 까맣게 멀어지곤 합니다.

하지만 때로는, 그때 몰랐던 것을 지금에야 알기도 합니다.

그런 때, 시간은 흘러가면 다시는 돌아오지 않는 것이라 생각했던 자신의 어리석음을 되돌아보게 됩니다. 이렇게 한순간에 지금이 먼 옛날이 되고 또 먼 과거의 시간이 오늘에 되살아날 수도 있는 것을, 하고 말이죠.

내 곁을 멀리 떠난 사람도 그렇습니다.

이미 죽어서, 지상에서는 다시 만날 수 없는 사람도 기억 속에서는 늘 살아 움직이고 언제든 내게 속삭여 줍니다. 그 기억이 까맣게 지워질 때까지는. 하지만 살아 숨 쉬는 동안은 기억이란 영원히 지워지지 않는 법이죠. 세월의 힘에 밀려 희미해졌다가도, 감각이 그때를 되새기는 순간 지금으로 환원되니까요.

    요시모토 바나나의 새 소설들은 이렇게 일상에 묻혀 기억 저편으로 멀어졌던 시간들, 사물들, 사람들과 지금 하나가 되는 순간을 얘기합니다. 몸에 새겨져 있는 그것들이 세월의 때를 벗고 지금으로 되살아나는 순간은, 그때의 감정과 감각과 풍경은, 치유와 깨달음과 화합을 선사하고 또 언젠가는 멀어져 가 버릴 지금을 살아 나갈 새 힘을 북돋아 주는 신의 선물, 성스러운 물 같은 것이라 얘기합니다.

김난주

옮긴이 **김난주**

1987년 쇼와 여자대학에서 일본 근대문학 석사 학위를 취득했고, 이후 오오쓰마 여자대학과 도쿄 대학에서 일본 근대문학을 연구했다. 현재 대표적인 일본 문학 전문 번역가로 활동하며 다수의 일본 문학을 번역했다. 옮긴 책으로 요시모토 바나나의 『키친』, 『하드보일드 하드 럭』, 『하치의 마지막 연인』, 『암르타』, 『티티새』, 『불륜과 남미』, 『몸은 모든 것을 알고 있다』, 『허니문』, 『하얀 강 납배』, 『슬픈 예감』, 『아르헨티나 할머니』, 『왕국』, 『해피 해피 스마일』, 『무지개』『데이지의 인생』, 『그녀에 대하여』 등과 『겐지 이야기』, 『모래의 여자』, 『가족 스케치』, 『훔치다 도망치다 타다』 등이 있다.

몸은 모든 것을 알고 있다

1판 1쇄 펴냄 2004년 2월 20일
1판 9쇄 펴냄 2008년 8월 20일
2판 1쇄 펴냄 2011년 3월 4일
2판 3쇄 펴냄 2017년 9월 19일

지은이 요시모토 바나나
옮긴이 김난주
발행인 박근섭, 박상준
펴낸곳 **(주)민음사**

출판등록 1966. 5. 19. 제16-490호
주소   서울특별시 강남구 도산대로1길 62(신사동) 강남출판문화센터 5층
         (우편번호 06027)
대표전화 515-2000 | 팩시밀리 515-2007
홈페이지 www.minumsa.com

한국어 판 ⓒ **(주)민음사**, 2004, 2011. Printed in Seoul, Korea

ISBN 978-89-374-8035-5 03830)